瀚瀚珍本・盡現風華

風華【文化】

韋小寶 Diary 日記

目錄 contents 摘要

BAR

陪你去看掃帚星

今天晚上，蘋果說有掃帚星即將飛過揚州，紅著臉問我想不想跟她一起去看。因為我們學校的同學幾乎全部都要去，而且女生都要找個男生陪，這樣才比較有面子——那有沒有裡子呢？！

明明是掃帚星嘛，她們非要說成是流星——現在的年輕人，怎麼就這麼難溝通呢？我承認我的確早熟，但在感情上我需要鎮定一點，不要過早地委身於一人。蘋果雖好，還有香蕉嘛！

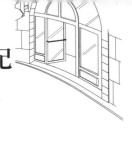

當明星的感覺是什麼

我再次警告老媽，不要吃了臭鴨蛋後來親我。爲什麼她自己不覺得臭呢？只要她一親我，我就必定昏迷三分鐘。還敢說我昏倒的時候真是可愛！以後我也要吃臭鴨蛋臭雞蛋臭豆腐，吃了就出去找人親——嗯。

我問老媽，當明星的感覺是什麼。老媽說就像麗春院的頭牌如花姑娘一樣，天天有人捧場的感覺。對此我持保留意見。所以我還特別諮詢了其他人的看法。

今天到學校後，問班主任當明星的感覺是什麼？他說，當明星的感覺我不知道，但我知道如果你當了明星，又被邀請上了電視，再被人揭發出上學的時候每門功課都不及格——那就遜到家了！那時候你就哭吧——功課做了嗎？小兔崽子。

我問同學小麗當明星的感覺，她居然說，在別人的肚臍眼邊簽名是最過癮的——啊！我搖著頭歎息，鄙視地看著小麗：在屁股蛋上簽名才是正常人所爲嘛！現在的女人，膚淺！

上學的感覺

我喜歡上學的感覺，因爲書包裡可以放很多好玩的東西。韋春花爲了讓我學到更多的知識，就覺得應該給我配一個大書包。

韋春花是我那無可救藥的老媽，雖然出生貧賤，但總想僞裝高貴。雖然一生坎坷，總想一路順風。雖然一臉衰敗，總想留住青春。

書包大了，裡面便什麼東西都有了。但我最最不能忍受的是——別人來翻我的書包。韋春花狡猾著呢，每天我放學回家，都裝著幫我放書包，然後就把我的書包故意倒著拿，想把裡面的東東倒出來。哼——我是誰生的！還不是你，要是比你笨，還不如出門一頭就被暖暖的春風撞死。

我書包裡的玩意兒全部都綁了安全帶，牢牢地固定在裡面。拉鏈都上了一二八位元的密碼鎖，書包的夾層是防彈鋼板加固了的，被砍的時候不但可以擋住刀，連霰彈槍和點三八的手槍都沒問題，只有狙擊步槍和陶式反坦克導彈能打穿我的書包——要是誰在學校用狙擊步槍瞄我，我連書包都可以送給他！

搜我的包！到網上去搜吧！

到底誰才是英雄

到底誰才是真正的英雄呢？這是老師留給我們的作業，要求一個星期寫出來，還要說明理由。&#%@——世界上有這麼噁心的問題嗎？

能回答出這個變態問題的就是英雄。我想。把這個答案給老師說了後，他以一種慢鏡頭的方式緩緩地向後倒了下去。

最近我一直在思索這個問題。

有個廣告說：大寶，明天賤！其他人說：大寶啊，天天賤！這個油頭粉面的賤小子顯然不是英雄。

有個廣告說：瞎蒙西服，〇〇七的選擇。英雄會穿這麼便宜的西服嗎？

有個廣告還說：女人的事女人自己辦！女人顯然和英雄不一樣，她們只辦自己的

事，英雄一般最喜歡幫別人辦事，特別是幫女人辦事。

有個詩人說：英雄無覓孫仲謀處，什麼什麼的。也不知道那姓孫的龜孫子是不是英雄？

有種鋼筆叫英雄——哇靠，那麼細的英雄！

有個香港電影叫「嘩英雄」。是不是英雄殺人的時候都要嘩地一聲大叫，反正我沒有看過。我媽不准我看黑社會影片，本來我就是問題少年，看了問題就更多。

有個中國電影叫英雄，是學校帶我們去看的。同學們全都看不懂，我也看不懂，但我裝著看懂了，還講給同學們聽，老師都說我聰明。

我站在講台上，像老師平時講課一樣對同學們說：電影裡面有一個叔叔要去殺人，但有另外兩個叔叔假裝不要他去殺，還有兩個阿姨也勸叔叔不要去，這麼多人都叫他不要去，但他還是去殺了，雖然他也假裝殺人，但卻被別人殺了。這個故事教育我們不要從小就樹立去殺人的理想，我們應該有更加崇高的理想。我的理想就是不殺人，我一定要認真學習，實現自己的理想。

同學們和老師們都熱烈地鼓掌。

我覺得老師們也沒有看懂。

韋小寶日記

小，是一種美德

從麗春院來到學校，最大的區別就是沒有人可以說我小了。

小，是一種美德。我一直在跟我媽韋春花講小的好處，她卻總是說：你怎麼還長不大？小兔崽子！她爲什麼不叫我老兔崽子？也許那樣的話會更好聽——至少能令人精神一振。

小的就是美的。大家都說某某小巧玲瓏，而沒說誰誰老巧玲瓏大巧玲瓏吧！更何況我是人小智商高。對於同學們，我根本沒有整盅的慾望。偶爾心情好的時候，我會拎一串點燃的二踢腳，猛然扔進麗春院的房間裡跑掉。一陣怪叫之後，很快你就可以看到一個衣衫不整的男人跑出來，不停地自言自語：我以前不是這樣的，我要去看病，我要看專科——這可不能落下病根！

我的殺傷力多大

下午，幾個同學來找我，說有偶像組合要來我們揚州開演唱會。他們要去排隊買票——昏倒！我像去排隊瞻仰偶像組合的小孩嗎？不過爲了不和群眾們離得太遠，我還是去。

體育場在城邊上，離體育場還有三條街的時候，周圍就已經有很多同學來了。大家手裡都拿著那幾個偶像的照片卡片明信片，大家還在地上擺著偶像的寫真集T恤衫戴過的假項鏈。

這裡就是偶像明星的市場。大家把和明星相關的東東放在地上，然後開始交易。交易的價格大約如下：一兩銀子可以換十張孫燕子的照片，可以換兩張蔡醫淋的寫真，可以換一張周結論的CD，還可以換我最崇拜的李蚊的照片八十張——，我靠，什麼世道?!

我的同學蘋果妹妹也來了，她是愛富士的忠實觀眾，那個掃帚星花園她看了幾百遍，還買了一套光碟來收藏。

蘋果妹妹對我說：你居然也到這裡來了——很難得哦？

我說：我是想大家都需要我的簽名，抽個空來一趟也不耽誤什麼事，如果你要我簽名，我現在還有時間。

蘋果妹妹瞪著我看了看，幾乎要昏倒似的：小寶……

我又笑著對旁邊的同學說：有要簽名的沒有？我就是韋小寶，未來的大明星——現在可以給你們簽名，等我出名了，那就不是這個價格了——五錢銀子一個簽名啦——一兩銀子給你簽三個，再奉送一個英文簽名——機會難得喲！

周圍劈哩啪啦地倒下了十幾個同學，蘋果妹妹用極其崇拜的眼神看著我的背影消失在前面的街上，這是我從鏡子裡看到的。

現在，我第一次發現自己的殺傷力極大。

陪蘋果看掃帚星

今天晚上，蘋果說有掃帚星即將飛過揚州，紅著臉問我想不想跟她一起去看。因爲我們學校的同學幾乎全部都要去，而且女生都要找個男生陪，這樣才比較有面子——那

陪你去看掃帚星

有沒有裡子呢？！

明明是掃帚星嘛，她們非要說成是流星——現在的年輕人，怎麼就這麼難溝通呢？我承認我的確早熟，但在感情上我需要鎮定一點，不要過早地委身於一人。蘋果雖好，還有香蕉嘛！

吃了晚飯，我趁韋春花不注意，溜了出來，還順手牽了朱大廚的兩根火腿腸——這傢伙，上麗春院都忘不了推銷他的火腿腸。

蘋果爲了今天晚上的Party，還特地偷偷化了妝。小眼睛化成了林憶蓮，翹鼻子化成了舒淇，大嘴巴化成了茱利亞蘿蔔絲。見到她，我就說：今天真高興——一下就約了三個中外美女。

蘋果張了張嘴巴，咽下了怒氣，拉著我的手，一起去看掃帚星。

揚州城外的路燈很暗，基本是漆黑一片，周圍又有各種奇怪的聲音叫著，嚇得我汗毛倒豎。

蘋果疼得叫了一聲：輕點！

我連忙鬆了鬆手：我把你弄疼了吧！

蘋果揉了揉手腕道：你怕什麼怕，有我在呢！

我小聲道：我，不是怕，我承認是有點緊張——跟你這麼美的同學出來單獨約會還是第一次……

蘋果拍拍我的手背：第一次，難免的，你放鬆就好了！

我說：我的緊張是發自內心的啊！

蘋果指著前面：看啊，大家都來了，我們還是快點上去——占個靠前的位置。

在山頂的草地上，兩百多個同學擠著坐在地上，都是成雙成對的。比起上課的時候，大家顯得非常地安靜。平時上課流鼻涕的男生，此刻已經用女生的手帕擦乾淨了。平時上課愛哭的女生，此刻也對著大家笑了。看到這種情景，我便又緊緊地拉住了蘋果的手。

我大聲地問道：掃帚星會從哪邊過來？

周圍依偎在一起的同學頓時齊刷刷地轉過來看我：掃帚星?!

蘋果的臉一下就紅了：他的文化不高——請大家見諒！

我大聲道：不是掃帚星，那又是什麼星？

眾人都叫道：流星雨！

我不滿了：流星是不是前面很亮，後面很長，飛著飛著飛不動了，就一頭栽到地上

的那種？

眾人都皺眉道：照你這麼說也算是吧！

我又說了一句：據西方的科學研究證明——看到了掃帚星是要倒楣的！

話還沒說完，大家都把手裡抓的東西向我扔了過來，最小的有瓜子，然後是櫻桃、粉筆、桃子，大一點的有籃球、足球、保齡球，最大的是一個哈密瓜。虧得我眼明手快，才沒有造成重大傷亡。

蘋果看著我，使勁地跺腳。

突然，佈滿星星的夜空閃爍了一下。大家都激動地喊起來：流星雨！

天上的掃帚星開始是一顆接一顆，每掉下一顆，大家就叫一聲。後來逐漸密集地一片一片墜落下來，大家也叫成了一片，把夜空映得五花八門的。不知是誰帶頭的，同學們都齊聲高唱：陪你去看流星雨……

蘋果對我道：你把手拿開好不好？不要擋著眼睛。你看看吧——多麼美麗的流星啊！

我大聲道：我說看了掃帚星要倒楣吧——你看我身上的傷痕！

蘋果：你說陪我來看流星雨——你答應了我的？！

韋小寶日記

我說：我不是正在陪你看嘛——又沒有說我要看。

今天是個重要的日子

今天是個重要的日子。

蘋果已經在全校宣佈了她是我的馬子——有誰還想動歪腦筋的話，我一定會來罩她的！

下課出來吃燒烤的時候，我問蘋果：你是我的馬子，我就是你的凱子是不是？

蘋果眼睛開始翻白：當然是啦！

我又問：那我能不能不當你的凱子？

蘋果眼睛露出了難以置信的神情：但我是你的馬子啊?!

我說：你願意當我的馬子我不反對，但我也可以不願意當你的凱子，我以爲這樣子比較公平。想當我馬子的人多了，難道我都要一一答應下來？我也想當很多人的凱子，但別人也不會一一答應下來。那樣關係會弄得很複雜的。老師說過——像我們這麼大，應該主要考慮學習，不要把有限的精力用到無限的泡馬子吊凱子中去。

蘋果被大家抬進了學校醫務室。

我爲什麼不能像雞一樣長快點

我覺得自己得了憂鬱症。

憂鬱症的表現就是對什麼事都沒有信心……

想到我從那麼小要長到那麼大，人真的很失敗——不能像雞一樣長快點啊？

而且長大的過程中還要受到那麼多的折磨——出生在麗春院都算我的幸運了，很多孩子甚至出生在私塾裡——多麼可憐，每天都要面對無數的書本……

下課的時候我踩死了一隻螞蟻……很難過。如果有巨人在上面亂踩，我也是螞蟻那麼可憐了，被踩死在路邊，儘管你大聲叫喊，巨人卻聽不見你的叫聲，以爲你默默無聞地對待自己被踩死的命運……

我小心地把那隻可憐的螞蟻拿起來，埋在學校外面的草地上。然後我找了一根牙籤插在它的墓前——表示這是可憐的小螞蟻。

當然不能用人的墓碑——那麼大，會把螞蟻壓得永世翻不了身。

跟在我後面的同學又一次大叫起來——跑回學校報告老師去了。我知道！他們總是對我很感興趣，感興趣的同時又大驚小怪。

我坐在草地上思考我和小螞蟻的關係，以及我和巨人的關係。巨人的腳那麼大，要是他們不仔細看著地面走路……

哎！我最終在某一天會被巨人踩死。

少年不知愁滋味

喜歡看夕陽西下的淒慘景象。

黃昏時分，我坐在麗春院大門的雕花欄杆上，看著太陽一點點地落在了白塔後面，心情更加沈重起來。誰說少年不識愁滋味——只是未到考試時！儘管我不知爲什麼愁，但對「愁」這個字已經深深理解了。

陪你去看掃帚星

此時，迎面走來一隊人馬。開頭的幾個士兵分別舉著「團結」「緊張」「嚴肅」「活潑」四塊牌子，後面跟著一個猩紅色的八抬大轎。隊伍在麗春院前面停了下來，一個身著燕尾服衣冠楚楚的男子走了下來，對左右道：你們都給我退下！說完，周圍的一隊人馬立刻跑步消失。

他走到我面前，摸出一顆巧克力：小孩，這裡是麗春路四十三號甲嗎？我點頭。他問：你知道這裡有個女子叫如花嗎？我拿著巧克力剝了吃掉，然後道：你找如花什麼事？他湊近我道：我找她有重要的事——你帶我去找她吧！我攤開手……

他又從兜裡摸出一顆巧克力：告訴我她在哪裡？我剝開巧克力吃著：她在一個很隱蔽的地方，一般人是找不著的。他有點著急：那她藏的地方離這裡遠嗎？我悠悠對他道：總之呢——在這個地方附近，但我不能告訴你！

他從兜裡把一袋巧克力全部給了我：你帶我去——去了我再給你一袋！我皺著眉頭問：一袋？他湊過來瞪著眼睛，幾乎要把我吃了：那我給你五兩銀子好不好？

我默不作聲轉身就走——預料之中的他拉住了我：十兩？

我搖頭。

他比出一個手掌：五十兩？我說：你要是看見一個體面的紳士從加長型帶天窗的八

抬大轎上下來，前後都是幾十個隨從。然後問我一個重要的人物在哪裡，你會問他要多少銀子？

他幾乎要暈倒過去：二百兩——一口價！

成交！

我伸手——接過他從最裡面的內衣摸出來的兩大包銀子，還帶著體溫。點清了數目揣穩後，我大喊：如花出來！

今天如花出來得特別快。

我的話音未落，她就推門而出，叫：什麼事？

我說：有人找！

再看那紳士時，他一直指著我——幾乎已經要癱在地上了。

總是很多人在我面前做怪相，真的很奇怪！不是玩暈倒就是玩翻白眼，要不就是玩口水——口吐白沫說不出話來。

他是如花的爸爸。

看著他們喜極而泣，我覺得自己真的很偉大——能讓他們父女在失散多年後相見，這難道不是一件大好事麼！

我在記這篇日記的時候，幾乎都把自己感動得哭了。我想在明天的課堂上給全班同學講一講——人間自有真情在，莫等閒空白了少年頭！

當然，那二百兩銀子的事就省略了。

短暫的足球生涯

班上的同學開始流行玩足球了。

我最好的哥兒們花子是足球隊隊長。看著他們在場上奔跑，總是去爭那個黑白相間的球，我就想不通：明明一個球，只弄成兩種花色——黑白的，多沒水準！卓別林的時代才玩黑白的，現在這個時代——應該用彩色的球嘛！電視從黑白升級到彩色，電影從黑白升級到彩色，照片也從黑白升級到彩色，連簡訊都從黑白升級到彩色了，這幫球人——還這麼愚昧！

上半場紅隊和綠隊打成一：一。中場休息時，花子跑過來對我說：小寶，重在參與嘛——你也加入我們足球紅隊算了！

我說：條件苛刻嗎——要多少銀子入股？賽後有沒有分紅？年終有沒有獎金？有沒有以權謀私的機會？有沒有參與國際賭博的慣例？能不能簽名售球？可不可以在酒吧鬧事？

花子想了半天：兄弟——你說的這些都可以，但關鍵是要踢好球！

我說：但我經常踢不好呢？

花子：你一樣可以當我們的超級替補，實在不行還可以高價轉會啊！

於是，我換上了紅色的T恤在下半場上場了。

哨聲一響，對方一個大腳就把皮球踢到了我面前，我用腳踩住足球，看著周圍圍觀的幾個漂亮女生，看著藍天上的烏雲翻滾，隱隱有雷電的超重低音傳過來，整個天空完全展開來，是一幅十六：九的寬銀幕畫面……

兩個綠隊的前鋒快速向我跑過來。

我抱起足球，用手指著上面，用破鑼般的嗓子喊道：下雨啦，打雷啦——收衣服啦！

綠隊隊員撲通兩聲就倒在了草地上。

我說：你們又玩倒地啊！

……

花子把我拉到一邊：這裡是足球場哎，你怎麼……

我說：天要下雨，娘要嚇人，都是沒辦法的事……

這就是我短暫的足球生涯——沒有嘗過黑哨的滋味，沒有收過紅包，也沒有假摔，

當然更沒有當過球星……

麗春院之戀

一個人有了點名聲，也會帶來點點銀子，當然還會帶來點點麻煩。最麻煩的是，蘋果又來找我了。

蘋果說：當了你馬子這麼多天，但還沒有享受到當馬子的樂趣！

我悠悠地說：那你還當？

蘋果說：好歹你也帶我上街認認路啊，別人看見我們經常出入各種場合，就會有馬子和凱子的感覺了！

我嚴肅地說：你找你的馬子感覺，我可不想找凱子的感覺。

蘋果高興道：那你同意啦──我們去逛街。

我：……

說完，蘋果就挽著我的手，拖著我向時裝店走去。

韋小寶日記

混在揚州

混在揚州最難受的就是人人都認識我，想幹點什麼壞事還真的沒法隱蔽。

每次我一走近別人，他們就警惕地對我道：離我遠點，小壞蛋！遇到和善一點的，他們會說：不要來騷擾我啊。遇到虛弱點的，那看見我就像老鼠一樣溜掉，只留下我孤單的背影。

我還是經常逛商店的，不過不是爲了買東西。比如走到文具店，我會叫老闆把紙筆墨硯水拿出來看看，然後拿起筆，飽沾墨水，揮毫寫下兩個字：ＯＫ。

老闆仔細看了半天，笑著誇道：不錯不錯——這位小同學的書法已經嶄露頭角了……

我說：想那東瀛人喜歡卡拉ＯＫ，我這一手ＯＫ二字，筆力蒼勁，酣暢淋漓，真是讓你們老一輩的大開眼界啊——不過我不知卡拉二字怎麼寫！

老闆：……

我遺憾道：還是等我學會了再來買吧！

老闆：……

一個人有了點名聲，也會帶來點點銀子，當然還會帶來點點麻煩。最麻煩的是，蘋果又來找我了。

蘋果說：當了你馬子這麼多天，但還沒有享受到當馬子的樂趣！

我悠悠地說：那你還當？

蘋果說：好歹你也帶我上街認認路啊，別人看見我們經常出入各種場合，就會有馬子和凱子的感覺了！

我嚴肅地說：你找你的馬子感覺，我可不想找凱子的感覺。

蘋果高興道：那你同意啦——我們去逛街。

我：……

說完，蘋果就挽著我的手，拖著我向時裝店走去。

今年街上流行肚兜，蘋果一路上都在跟我說買肚兜。走進一家店子，老闆娘熱情地歡迎我們：兩個小朋友看衣服啊，隨便看隨便看！

蘋果一進去，就看見模特兒身上穿的大紅綢緞的肚兜。便叫老闆娘拿下來試試，老

闆娘愣了一愣：這個……你這麼小，穿起來不合適吧?!

蘋果執拗道：我要嘛——我要試一下嘛！

老闆娘沒法，只得把肚兜從模特兒身上取下來：後面有試衣間！

蘋果拿著肚兜進去了。

過了半天，蘋果在裡面喊：我要出來啦！

我對老闆娘說：瞧瞧，女人就這麼痲煩，你出來啊！

蘋果先伸了個腦袋出來：我真的要出來嗎？

我走過去一把將她拉出來，然後，我和老闆娘一起看著蘋果，足足看了有一柱香的工夫。

我說：雖然比張屠子殺豬時穿的塑膠圍腰長，但我可以向你保證——比他的好看！

蘋果：老闆，有沒有小號的？

老闆娘遺憾道：這已經是最小的了！

等到蘋果脫下肚兜時，我連看老闆的勇氣都沒有了，拉著她趕快從老闆娘面前消失……

走到下一家皮鞋店時，蘋果已經忘了肚兜的事。皮鞋店的老闆見我們進來，又往後

看了看，便滿臉堆笑道：今年的款式是女巫式的尖頭拖鞋，去跟你媽媽說一下——咱們店裡到了新貨！

我往後望了望，責怪蘋果道：你怎麼又把你老媽叫來了——不是說就我們倆嗎？

蘋果急道：我沒有叫嘛！

老闆頓時臉色蒼白。

蘋果說：什麼新款式，拿來瞧瞧！

老闆從櫃子裡摸索了半天，拿出一雙尖頭繡花拖鞋，蘋果脫下運動鞋，伸出微微冒著熱氣的腳，穿了進去，一絲異味慢慢地在鞋店裡散發出來。

蘋果站起來：大了！

又坐下去，把兩隻腳穿進一隻鞋：這下舒服多了！

我問老闆：有沒有小一半的碼子？

老闆：……

等我們從鞋店出來的時候，看見老闆慢慢地扶著櫃台坐到地上，抹著一頭的汗水。

我們此刻又累又餓又渴。

蘋果說：我們去吃「啃的雞」好不好？

我點頭，又搖頭：我很想吃，但身上只有五錢銀子！蘋果撅嘴不高興了。

我靈機一動道：那旁邊不是有買燒餅的……

我花了二錢銀子買了幾個肉餡的燒餅，放在蘋果的書包裡，昂首走進了啃的雞。進了店，我點了一杯大的可樂，蘋果負責拿不花銀子的吸管、紙巾、調味包、蕃茄醬、玩具、禮品劵、氣球，最後把這些東西裝在兩個盤子裡端走。

我們坐在玻璃窗邊，看著外面的無限風光，一言不發。

然後我把蘋果的書包拿過來，拉開拉鏈，伸進頭去咬了一大口，咽下去後出來喝一口可樂，再咬一口，再把書包遞給蘋果。

等到我去加了冰塊後，蘋果已經咬了兩口。拿著我的可樂就喝了一大口。

我說：喝慢點——等冰化成了水才好再加冰塊。我的自然知識學得還可以——知道冰塊早晚要化成水的！

……

坐得屁股發疼的時候，燒餅基本吃完了，可樂加了十二次冰塊後，還剩下半杯。

蘋果說：喝不完就算了嘛，別撐出病來！

我說：怎麼能浪費呢——喝不完還可以打包嘛——Waiter，打包！

……我從來沒有看見中國的Waiter臉能有如此之黑！

外國人是什麼樣

外國人是什麼樣子，今天我算見識了。

早晨，便有廣播車在街上一路廣播，說有外國使者到揚州訪問，要我們盛裝在街道兩邊迎接，有鮮花的拿鮮花，沒鮮花的拿塑膠花；有氣球的拿氣球，沒氣球的拿安全套吹大；有雙手的鼓掌，有一隻手的打自己耳光，雙手都沒有的用嘴歡呼，既沒手又沒嘴的就跺腳，手腳嘴全都沒有的多吃巴豆——放屁。總之要製造出熱烈歡快的氣氛。

在麗春院裡，大家都在猜測外國人是什麼樣子的。誰也沒有見過外國人，我想，他們有鼻子嗎？有眼睛嗎？最關鍵的是他們有沒有臉？

廣播裡說外國人下午到，我正在盤算拿什麼迎接，蘋果帶著幾個同學也來找我，大家都在商量拿什麼。花子說：咱們也不要分別拿傢伙歡迎老外了，我們就準備一個大傢伙——不是說那鮮花嗎，咱們就拿很多的鮮花紮個大花籃行不行？

蘋果：但剛才我路過廣場，發現花都被摘完了……

眾人皺眉：現在到哪裡才找得到那麼多鮮花？

我說：不用鮮花行不行？

眾人：那用什麼？

我說：用紙花，我們麗春院的卷紙最多了！

眾人：……

隨著時間的臨近，我們做的花籃愈來愈大。終於，最後一朵紙花紮好了，蘋果小心地把花紮在了花籃的最上面，拍手道：我們這個傢伙一定會是揚州歡迎外國友人最好最大的禮物了。

剛剛把花籃抬到麗春院的大門口，就聽見十三姨叫道：誰家死人了？還是個名人吧——做這麼大一個花圈。

……

街道兩邊都擠滿了圍觀歡迎的人群，我們抬著這個花籃在隊伍中很醒目。兩邊的人一律對我們側目而視。

遠遠地，一輛開道的馬車緩緩地從前方開過來，一個車夫提著兩個高亮度的燈籠在

上面依次晃著，一個燈籠發的是藍光，一個燈籠發的是紅光，還有一個車夫拿著喇叭哇啦哇啦地叫著。緊接著後面又來了一隊騎兵，驃肥馬壯的，甚是威武。過了就是領導的車、領導助理的車、助理祕書的車、祕書翻譯的車、翻譯哥們的車、哥們的姐們的車，姐們領導的車……

很長的車隊過去，終於在最後一輛馬車上，掛著一個橫幅：歡迎外國使者！馬車旁邊窗口的窗簾慢慢撩起來了，眾人都屏住了呼吸——一隻毛茸茸的手伸了出來，對大家揮動著。

圍觀的人群歡呼著，揮動著鮮花，揮動著氣球，很多人情不自禁地把鮮花向那隻手扔去，然後大家都開始扔鮮花，也有人扔了雞蛋過去，還有人扔了香蕉，我們幾個大喊了幾聲「1、2、3」，就把揚州最大的花籃扔到了外國使者坐的馬車上。

揚州八怪

今天我們老師請來了揚州八怪之一音樂怪人爲我們學生演奏，大家都稱他是「琵琶狂魔」。老師警告我們：一定要認真聽音樂，不准發出怪聲，利用這個機會增加自己的修養。

琵琶狂魔身高兩丈，瘦得飛流直下三千尺，留著魯濱遜一樣的大鬍子，完全跟他的臉不成比例。但看在他是揚州八怪的份上，同學們都沒有計較。

狂魔坐到講台上，把背上的巨大包袱放下來，解開，取出一把破琴——因爲那琵琶的尾巴上都被燒焦了，空氣中彌漫著一股乾柴烈火味道。

我對坐在旁邊的蘋果說：知道那琵琶的後面爲什麼是焦的嗎？

蘋果搖頭。

我說：因爲這人看起來像縱火犯——燒了店子就從裡面拿東西跑……

蘋果還是搖頭。

琵琶狂魔臉色慢慢紅潤起來，對大家講解道：我現在給大家演奏一首古典名曲。它的名字叫三面埋伏。這是根據我國古代的一場著名的戰役寫成的，楚漢相爭，劉邦率領漢軍布下三面埋伏的陣勢，將項羽困於垓下，最後項羽大敗，自刎於烏江。這首琵琶曲描寫了點將、布陣、埋伏、戰敗、自刎、得勝的幾個過程。它曲調激烈奔放，寓意深遠，是提高自身修養的必聽名曲之一……

琵琶狂魔把琵琶抱在腿上，咳嗽一聲，把一口痰吐在了窗外的樹葉上，那片樹葉就這樣掛著綠色的痰在空中一直晃來晃去，愈拉愈長……

所有同學都驚呆了，大氣也不敢出一口，老師坐在狂魔的旁邊，紅著臉不知道是要說什麼還是不說什麼。說完，狂魔閉眼埋頭開始彈了起來。

這琵琶居然能發出這麼大的聲音——和平時砍柴燒柴的聲音完全不一樣啊！

一陣亂七八糟的聲音密密麻麻地從琵琶裡面鑽了出來，好像打仗的小人從四面八方衝了出來，有的提著鬼頭大刀，有的扛著丈八蛇矛，有的拿著防暴盾牌，有的舉著AK—四七，我走神了！

此時，琴聲驟然停下。

狂魔很不高興：誰動了我的琴弦？說完，便扭動旋扭吱吱嘎嘎地調起弦來。

調了半天，琵琶狂魔終於微笑著點頭：我們重新開始！

又一陣更加亂七八糟的聲音響了起來，這次的戰場更加豐富，我聽到了戰士們的砍殺聲，慘叫聲，還看到漢軍的旗幟上唯一的一個字都寫錯了——就是那個「汗」字。劉邦的部隊把項羽的部隊包圍起來，項羽拚命向山上逃跑，馬車跑散架了，部下馬上找來了牛車，牛車跑垮了，部下又找來驢車，驢子不聽話，倒著跑，項羽一急，便跳上了

自己的麵包車——點火，不燃。再點，還是不燃，項羽使勁地拍打著方向盤，終於點燃了，掛檔，放離合，鬆手剎，踩油門，麵包車衝在了逃跑隊伍的最前面，劉邦在後面望車興歎。可惜好景不長——項羽沒留神地下的一個陰溝，車輪一顛簸，便向一邊翻了過去。然後交警來了——一拉皮尺，把項羽的駕照扣了——拘留十五天！可憐項羽一世小心，一時疏忽，一生英明在陰溝裡翻車了！

……

劉邦摟著交警的肩膀，嘻哈打笑地走了，剩下項羽孤獨地拿著罰單，對著脖子抹去。

這時，琵琶狂魔的琴聲嘎然而止。

他從口袋裡摸出一張粉紅色的繡花手絹，擦了擦頭上的汗水，道：下面一曲是——四面埋伏！它是三面埋伏的續集，因爲多了一面，項羽就是再有三條腿，也跑不出劉邦的包圍圈！這裡我再解釋一下，這首古典名曲一共有八首——從三面埋伏到十面埋伏。順便告訴同學們，我正在寫十一面埋伏，待會彈完了給大家預演一次，聽聽你們的意見！

老師中暑了。

把錢藏在哪裡

不管是過年時的壓歲錢，還是平時的灰色收入，總之手上有了銀子，就想把它藏起來，但最大的問題是藏在哪裡。我和韋春花之間進行了無數次的藏與找的鬥爭，直到現在我們還一直處於平手，也就是說我每藏一次，她都會找出來。

我曾經把碎銀子藏在骯髒的馬桶的水箱裡，韋春花用了半秒鐘就找了出來，她得意道：我從會上廁所時，就知道從水箱裡翻東西了。裡面的東西才多呢，有小包裝的鴉片，有防水SWATH表，有報廢但是可以翻新的顯示器，最多的就是各種槍支了……

後來我又把銀子藏在書櫃的書裡。我用半天時間才把《四十二章經》裡面的書挖空，把銀子放進去，韋春花只用了五分鐘便找了出來。她還挖苦我道：書中自有黃金屋——這句話你沒有聽說過嗎?再不好好學習，你還要被我抓到！

——你說有這樣的老娘你的頭皮會不會發痲?!

然後，我又找到了一個絕妙的藏錢之地——花盆。我把銀子埋進了種紅玫瑰的花盆裡，結果過了一個月，紅玫瑰變成了白玫瑰。韋春花又一次發現了裡面的祕密。

——經驗啊，藏錢千萬不能藏在有生命的旁邊。

難道就沒有好一點的地方嗎？

這次，我終於把銀子拿到郊外張鐵匠那裡，讓他幫我打成四四方方的薄片，我把這張銀片夾進了兩張馬糞紙裡，然後我就在馬糞紙上畫立體派的女人像，裝上框子後，我把它掛在了我們班的小黑板上。

——嘿嘿，這下韋春花拿我沒辦法了吧！

說怪話

大家都在說，世界上有一種藥，吃了可以忘掉一切煩惱。真夠狠的啊，但我沒煩惱怎麼辦？

這真的讓我很煩惱。

今天歷史老師跟我們說，在唐朝的時候，有個叫徐福的探險家，帶了五百童男五百童女東渡扶桑，尋找不死仙丹。結果大家都盼著他們，盼了很多年，他們卻在扶桑住下了，這麼多人就在那裡傳宗接代，生兒育女，不回來了。他們是不是吃了那種藥呢？

我問老師：他們出國是不是偷渡？

老師罵道：你見過同時有一千零一個人偷渡的嗎？如果是偷渡，我們怎麼知道？

我又問：那就是移民了？

老師：……

我說：我也想移民到扶桑——不回來了。我至少算童男一個吧？

老師：……

我望了望周圍的同學：這裡好像也有幾個童女，能不能一起帶上呢？

女同學對我怒目而視。

看見通緝令

今天，幾個衙役到麗春院來張貼告示。我們都圍在那裡看，我一邊看一邊念道：

韋小寶日記

通緝——健美型綁架搶劫犯茅十八。該犯身材高大，結實，胸大肌呈完美梯形，肱二頭肌呈完美啞鈴型，腹肌呈完美正態分佈，臀大肌呈青蛙腿型。四方臉，絡腮鬍。屬標準的該犯喜歡使蠻力，而不用四兩撥千斤。該犯喜歡村裡的小芳，不喜歡城裡的小麗。該犯可能攜帶兇器，出手大方，為人講義氣，從不失言，愛為朋友兩肋插刀，路見不平一聲吼，該出手時一定會出手。

據最新預告，該犯已經潛入揚州。如有知其下落者，可發簡訊報告縣衙門，賞白銀一百兩。如有生擒該犯者，賞白銀五百兩。如有刺殺該犯並上繳其屍體者，賞白銀一千兩。

念完了告示，我的心又不爭氣地跳了起來：我如果先看到這個壞蛋，就去報告，得一百兩銀子後再去抓獲他，又得五百兩，最後再將他掐死，雇個馬車送到縣衙門去——哇！加起來有一千六百兩，可以買多少棉花糖啊！

老師常常說有利益就有動力，說得一點都不錯。我現在全身動力澎湃，像裝了發動機一樣。

看了告示，我便一個人悄悄上街溜達去了。只要看到身強力壯的男子，我便要在後

面小聲地喊一句：茅十八……

要想拿錢，就不要怕麻煩。

但轉悠了半天，沒有人答應我。最後，終於在廊橋又看見一個高大的男子，我輕手輕腳地跟了上去，離他還有一步之遙時，我喊道：茅十八——

那男子轉過來，罵道：你這小不死的——今天你都喊我三次了！告訴你我不姓毛，我姓焦！

一計不成，我又生一計。

我立刻跑到縣衙門門口，對當值的衙役道：我已經看到你們通緝的犯人了！

那衙役頓時眼睛鼓得像銅鈴一般：真的——在哪裡？

我伸手道：銀子！

那衙役打了個呼哨，裡面頓時出來黑壓壓的一隊捕手。前面領頭的一把把我提起來：在哪裡？

我疼得大叫。

他還不停地搖晃我：趕快說——不然把你撕成七瓣！

其實把我撕成兩瓣最方便，爲什麼是七瓣不是六瓣？真搞不懂這些人的腦子在想什麼！

我只好說：在廊橋！

那人把我扔在地上，立刻帶著捕手們風捲殘雲般地衝了出去。

我坐在地上大聲問：我的賞銀呢？

那人回過頭來道：找到了自然有你的，找不到——把你撕成五十四瓣！——還要找到了才給啊——不能先付個頭款啊，付二十兩也成嘛！

我還是趕快溜回了麗春院。

廢話上這麼說的

老師對我們說：知之爲知之，不知爲不知。

聽不懂！

知道的就是知道的，不知道的也不知道！廢話。

更可氣的是老師是大舌頭，他就念成了：雞雞爲雞雞，不雞爲不雞！

——笑死我啦！

看見茅十八

今天放學後，我一個人孤獨地回家。路過千里之行洗浴中心時，肚子卻翻江倒海地鬧了起來，我趕快跑進去找廁所。

裡面生意可真好啊！紅男綠女們光著腳丫子在裡面竄來竄去，而服務員端著洗腳水也在裡面進進出出。

找到廁所後，我趕緊進去，剛蹲下，就聽見兩個人也跟著進來。

一個聲音沙啞的說：大哥，我已經看準了，是那傢伙沒錯！

那大哥說：等一下，等他洗得舒服點，要迷糊的時候動手！

沙啞的說：那我們怎麼辦？——跟香港電影學的吧！

大哥說：咱們就在廁所裡蹲著，別到外面去引起別人的注意。

說完，兩個人就在我旁邊蹲下了。過了一會兒，那沙啞的說：大哥，你說咱們兩個

韋小寶日記

人能不能抓住那茅十八?大哥想了想:我覺得沒問題!他在最裡面的「總統腳」房裡,即使我們一次抓不住,只要把門一關,還怕他飛了不成!

——茅十八?這不是我發財的機會嗎?

我趕緊解決完畢。然後悄悄地出去。

走到走廊盡頭,赫然看見頭上掛著金色的招牌——「總統腳」。我埋頭便推門進去,只見裡面一個身強力壯的大漢躺在床上,戴著眼罩,打著呼嚕。兩個服務員正在給他洗腳。

我對服務員說:你們先出去,我跟我叔叔說幾句私房話!

兩個服務員看了看我,便悄聲退下去了。

坐在床邊,我抬起腿比了一下他的胳膊——比我粗。然後我又擰著腰和他的大腿比了一下——還是比我粗!媽的——我就掙不到這銀子了嗎?

我搖醒他:茅十八——你好大膽,還在這裡洗腳,不知道大難即將臨頭嗎?

茅十八一驚,扯下眼罩抓住我:就憑你這小鬼?

我說:我當然是小鬼——我又不會抓你,但我知道絕密消息!

茅十八手上一用勁,我就叫了起來,他說:什麼消息?趕快說——不然活活把你捏

死！

我掙脫了他：你捏死我當然很容易，別人捏死你也一樣的方便！

茅十八：……

我說：抓你呢——可以領到五百兩白銀！殺你呢，可以領到一千兩！——所以我只要價四百九十兩就可以解救你，這個價錢公道吧！

茅十八：……就少十兩？可我身上只有三百兩啊！

我轉身哈哈大笑起來：大家都知道你打劫了花旗錢莊的錢老闆——你會沒有銀子？以爲我小就可以唬我啊！

茅十八：真的真的——我確實打劫了錢老闆，但他只有三百五十兩銀子，這兩天拿給我用了五十兩——沒有啦！

我伸手：成交！

拿到三百兩銀子，我說：人家一幫人正等在廁所裡，準備抓你呢！還不快跑！

茅十八衝到門口，突然轉身，用感激的眼光看著我：小鬼，請問家住哪裡啊？

我說：麗春院。

茅十八點頭抱拳道：後會有期！

韋小寶日記

我又走進廁所裡，聽見那沙啞聲的喊到：有人嗎？

我說：什麼事啊？

那沙啞聲道：小兄弟，幫幫忙——給點草紙！

我慢條斯理地說：哎呀，我只是來撒尿的——哪兒有草紙啊！

那沙啞聲道：聽你的聲音還在讀書吧——你書包裡總有作業本什麼的！

我：我可不敢給你，弄壞了作業本我媽非把我打死不可！

沙啞聲哀求道：小兄弟啊——你救救我們倆吧——行不行？

我慢慢道：那我還要去買作業本！

那沙啞聲道：我出錢買你的，行不行？

我說：我的作業還是花錢請槍手寫的，也要花錢的！

沙啞聲幾乎要哭出來：我給我給——多少？

我說：看在你那麼誠懇——就給五十兩吧！

……

拿了銀子，我把書包裡的竹片遞給了沙啞聲。

他驚聲尖叫起來：——這是什麼玩意兒？

我說：我們的作業本啊——你沒讀過書嗎，我們都是在竹片上寫字的！知道什麼叫汗牛充棟嗎？知道什麼叫家書抵萬斤嗎？切——沒知識！

說完我轉身走掉。

有福同享

什麼叫煩惱，我現在知道了！那就是身上攜帶著鉅款而無處藏身。

書包裡放著三百五十兩白花花的銀子，就像背著全副武裝在行軍。我現在肯定不能回家。韋春花一檢查出來，我就只有白給她了。

走著走著，我就到了揚州城外。在河邊，我找了塊容易辨認的大石頭，小心地把銀子藏在了下面。

嘿嘿！這就是我的銀行。隨便存取——還不塡單據！

回家，吃飯。剛放下碗，就聽見麗春院保安在叫：小寶出來接客！

韋春花大吃一驚：你個小兔崽子要——接客？

我：……我什麼時候要接客？

這時，就看見保安猥褻男叮叮東東地跑上樓來，後面跟著一個人，卻正是茅十八。

我一見，趕快對韋春花道：啊，這是我一個朋友。

說完，上去拉著茅十八就往外面走。

——洩露了我的銀子就慘了！

到了大門外，茅十八抱拳道：小兄弟，今天真的謝謝你了！救我於「總統腳」房中！

我揮揮手道：大恩不言謝！

茅十八道：小兄弟這麼小，就知道義氣二字。你如不嫌棄，咱們倆結拜兄弟如何？

我還從來沒有和誰結拜過兄弟呢！我說：好啊！

我們在外面找了個黃土堆，然後茅十八就從兜裡摸出了兩根紅蠟燭，一把香，兩張黃紙，兩個小酒杯，一瓶燒酒，兩雙筷子，一包豬頭肉，一盤麻辣龍蝦，一鍋烏骨雞燉香菇，三屜小籠包子，半個哈密瓜，再加上他請來的一個民樂小樂隊，我們便在悠揚激昂的進行曲中開始拜兄弟。

過了兩個時辰，我跪著問茅十八：這是第幾項程式？

茅十八掰著指頭算道：是第三十五項四十小節——快了，快了！

我不高興了：還快了，我怎麼感覺一眼望不到頭呢？

茅十八：哼，要是程式那麼簡單，那人人都可以結拜兄弟，還談得上什麼義氣？

……

又過了四個時辰，茅十八把我叫醒：好了，小寶兄弟，咱們的儀式都做完了，現在起——咱們走到哪裡都是好兄弟，有錢同花，有福共用，有難同當。

然後，茅十八拉著我道：小寶兄弟——我給你那三百兩在哪裡？

這傢伙——原來是想這樣拿走我的錢！

不過，那裡面也有他的一半。所以，我還是帶他拿了埋在大石頭下的銀子。

我說：這裡就是咱們的銀行，以後誰有了錢，就存在這裡面，誰要用的時候再取就是了！

我終於有了一個可以見人的兄弟了。

韋小寶日記

一個人一生中最難的是什麼呢？我想了很多天，想出了答案。那就是——做人。做人真的很難啊！

老師動不動就說：你們要好好學習，才能像個人樣。

韋春花也經常說我：沒個人樣！

連蘋果都說我：我求你——說點人話行不行啊！

我到現在還不是人?!

我也不知道了。

有的人裝鬼，靠嚇人來過日子。有的人裝神，靠威脅人來過日子。有的人裝傻，也可以過日子。有的人卻裝人，結果裝了一輩子都不像人。

做人難，做男人難，做女人更難，做我這種賤人真的是難上加難。

人生眞的很不容易

麗春院之戀

在麗春院出去的正街上，有個公告牌，公告牌下面有個墊子，大家都叫那裡是墊子公告牌。上面經常貼著很多的啓事，有徵婚的，有尋人的，有找工作的。沒事的時候，我就要去那裡看看，就當是閱讀課外讀物。

有個啓事寫著：

某演藝界男，三十五歲，敬業奉獻，愛國愛人。長期從事演藝工作及其相關工作再及其相關工作的相關工作。外型特別，有一代明星的風範。曾參與拍攝《一頭豬的故事》、《另一頭豬的故事》和《最後一頭豬的故事》，在片中曾依次任主角、配角、邊角。因一生都癡迷於演藝事業，所以至今未娶。現徵集演藝界身份相符的女士為伴，共同走過人生艱難的下半程。可參與拍攝下一部好賴烏大片《兩頭豬之間不得不說的故事》。

旁邊一個啓事寫著：

尋槍——本人因生活作風問題，不慎遺失手槍一把，手槍上有鬼頭大刀一把，暗箭七十二支，毒藥三十八克，尼古丁一公斤，焦油三升，還有穿甲彈五發，貧鈾彈七發，糖衣炮彈十二發，原子彈三發。這把槍伴隨我走過了人類自相殘殺的漫漫長路，其中飽含著無數冤魂的淚水，見證了我們殺人不見血的歷史。它幾乎就是我的命根子——不！

它比我的命根子還重要。一個男人可以沒有女人，可以沒有工作，可以沒有錢，甚至可以沒有命根子，但他一定不可以沒有槍。請拾主見此啟事速速歸還給我。保證重金屬酬謝！

上面還有一個啓事是招聘的：

招聘——陰陽公司是揚州十大知名玻璃窗生產企業，同時也是本市的窗口型企業。因業務迅速發展（現金都點不過來），產品不斷升級（最新產品版本已經到WINDOWS——35001.33），上市不斷加速（現已經在國內兩大股市上市，已在香港台灣股市上市，也在美國股市與那時搭客上市，還在肯尼亞股市二板上市，歐洲十大股市均已上市，目前正在準備路演，欲上國內第一千零一板股市。），現廣泛招聘從ＣＥＯ（首席執行官）到ＣＷＯ（首席廁所清潔官）的企業所有人員。如果你是人才，本公司就是人才庫。如果你是人，本公司就是人販子。如果你是豬，本公司就是養豬場。如果你是類人猿，本公司就是野生動物保護區。歡迎你的加盟！

耐著性子，我看了最後一條尋人啓事：

尋人——小麗，女，今年二十，明年十八。看起來可能是三十歲，想起來可能又是四十五歲，但仔細一想絕對不止六十歲。愛好廣泛（從揀垃圾到唱歌劇），面容美麗

（但取下了面具就不一樣了），身材一流（假如九流是最好的身材的話）。說一口標準的牛津英語（只有牛能聽懂）。某年某月的某一天，在揚州火車站失蹤（懷疑是青年癡呆症發作）。如有知其下落者，請舉報12315。定有酬謝（至少說聲——酬謝！）。

看完了塾子公告牌，我才感到來自周圍的夜幕，人生真的很不容易啊，不是做了銀幕上的豬，就是做了槍下冤魂，即使沒有變成打工的類人猿，最後也要成爲流浪街頭的癡呆。

語文考題《我的父親》

又要考試了。

我和蘋果花了一下午的時間來背功課，結果功課沒有背出來，倒是把有關考試的情況總結了一下。

A、大多數的同學都不喜歡考試，只有極少數變態的喜歡。而且大家在考試的時候是很輕鬆的，只是拿到成績單的時候表情嚴肅……

B、每次考試都有一小批的成功人士昂首回家，而後面是一大批的失敗人士俯首離家出走。但算下來，我還寧願平時考差點，加入到失敗者行列，等到高考的時候，成爲成功人士的可能性還大那麼一點點，也許錄取的分數就在那一點點……

C、做夢最高興的就是——高考的時候，大家都病了，只有我和幾個同學在考試，隨便得多少分，都能保證上大學……

D、或者高考的時候同學們都健在，只有監考老師病了，送考卷的工人病了，閱卷的老師也病了，錄取的老師也病了，寄大學錄取通知書的老師也病了，通通地一起病了，那就有可能把我送上大學……可能性好小哦！

E、如果考試選擇題也可以用電腦去掉一個錯誤答案，再加上求助熱線，再加上現場觀眾的幫助，就好了！

F、老師在考試的時候總是說——大家小心！不要把簡單的問題搞複雜了，也不要把複雜的問題搞簡單了——靠，這是人說的話麼！

G、考試帶來的唯一好處就是，不論好壞，接著就放假了！

H、但最最討厭的事是，我們的作文題目又是《我的父親》。我媽都不知道我爸在

哪裡，我怎麼寫呢？所以每次這個題目，我都只寫一千字，就把那天晚上我媽給我說的話重複一遍。奇怪的是，每次寫《我的父親》我都得最高分。

笑話是這麼說的

現在班上又流行開始說「好、壞、暈」的段子。

有的同學說：好——陪老闆去澳大利亞考察。壞——沒有多的酒店了，老板只得和你住一間房。暈——洗澡的時候，老闆說你好帥好性感！

蘋果也編了一個：好——找個機靈的男朋友。壞——他機靈得不想當我的男朋友。暈——他就是小寶。

花子也編了一個：好——有一天我終於加入皇馬足球隊了。壞——可惜幹的是清潔工。暈——那天他們輸了球拿我出氣。

老師也編了一個：好——全班同學都考試及格了。壞——全部都是作弊。暈——我居然沒有發現一個。

韋小寶日記

我媽也編了一個：好——今天我又生了一個兒子。壞——可惜工資更加入不敷出了。暈——居然還是不知道他父親是誰？

最後我編了一個，以報答大家的厚愛：好——我終於找到我的老爸了。壞——可惜他不承認他是我父親。暈——因爲他已經做了變性手術。

首都～首都～

在京城裡占據一席之地，是古今中外多少傑出人士的夢想啊！但我們快要實現了！

今天，在茅十八又一次長篇大放厥詞的時候，兩個電視台的傢伙站起來說：這位仁兄，真是好口才。儘管你的功夫我們不知道，但你的舌頭必定是裝了電動馬達的。我們是電視台的製片，已經連續聽了你三天了。經過慎重考慮，我們決定為你開闢一個專門的節目，叫「有話好好說」。你來演這個節目，就按你現在的風格，隨便怎麼說都行！

於是，茅十八上電視了。

報紙上長篇介紹他的新型RAP式的主持風格，完全開創了電視節目主持的一個新時代。

出去混

茅十八又來找我，直截了當地問我：你覺得自己讀書會有出息嗎？

地球人都知道的答案，他居然來問我。

然後他說：那咱們就一起上京城，我帶你去闖蕩江湖——誰叫咱們是兄弟呢？人家美國有一個連都是兄弟，還演了一個電視叫《兄弟連》，咱們倆也出去上演一幕大戲，叫《二人轉》，行不行？

這麼重大的問題，我得考慮考慮。

晚上，跟韋春花一說，她居然拍著大腿高興道：真不愧是我兒子——這麼小就知道闖江湖了，想你老媽我比你還小二十歲的時候就出來混了！早就盼著你的這句話了！

當著我的面，她居然敢這樣吹——比我小二十歲?!

不管怎麼樣，我得出去了。我的事業在江湖上，不在學校裡。小小的揚州，就是我遠航的起點，而未來的世界像花花一樣將出現在我眼前。回首往事，我絕不會因爲今天

首都～首都～

的決定而後悔，也決不會爲今天的幼稚而裝老練，更不會因爲自己的早熟而裝無知。

算了，先不忙回首了，出去再說！就像茅十八說的那樣——等被人砍得躺在床上的時候再慢慢回首吧！

哼，憑什麼就要把我砍得躺在床上！

今天是個好日子

今天是個好日子，我特別興奮，興奮得一夜沒有睡覺。坐上了揚州——京城的大巴牛車，我就七上八下地睡得死去活來。

睜開眼睛的時候，茅十八正在和坐在大巴前面漁網中的網友聊天。

茅十八：……嘿嘿，我們是出去做生意啦——大家路上多多關照啦，謀關係啦！

網友：那做什麼生意？

茅十八：做一些高科技產品。

網友露出羨慕的眼神：……

茅十八：說穿了，就是策畫一個高科技公司上市。這次到京城主要是做路演！

網友：挖，已經做到路演了，離上市很近了耶！

茅十八：我們準備在京城的天橋附近找個地兒，好好地在路上演一演！大家不是都說那兒是CBA嗎？

網友：——C——B——D，中央商務區。

茅十八：對對，就在那兒擺個攤，找兩副石擔子，找一個磨盤，再來把紅纓槍，兩把彎刀，我跟這個小兄弟就可以練起來了！

網友：……

我連忙拉著茅十八，讓他閉嘴！

他還不知趣，接著說：到時候我們先就路演舉石擔子跳街舞——那是我來主演。接著是銀槍刺喉，那是我跟小兄弟一起演，再往後就是更精彩的鐵人三項——醍醐灌頂、茅塞頓開、如坐針氈。這三樣可都是來真的喲——醍醐灌頂是用裝了一夜的夜壺從我頭上澆下來，茅塞頓開是用快刀砍我的屁股，如坐針氈是我一屁股坐到插滿釘子的木板上。

網友客氣地笑：……

首都～首都～

晚上，茅十八悄悄對我說：外面都說網友很容易搞一夜情，我怎麼一點都不覺得有機會呢？

京城很大啊

只用了七天八夜，我們就到了京城。

下車舒展身體的時候，我感慨道：真不愧是高速牛車啊——還是紅眼班車，這麼快就到了。我以爲至少要坐一年呢！

茅十八還蜷縮在地上不起來：我他媽的已經習慣了捲成一團，猛一下讓我直起腰板，還在很不適應呢。

京城很大啊，而且什麼都多。連ＣＢＤ都很多，每個地方都說這裡是ＣＢＤ，每個地方都不承認自己不是ＣＢＤ。但我們要找的ＣＢＤ在哪裡呢？

我總結出來了：要把ＣＢＤ藏起來的最好地方，非京城莫屬。

韋小寶日記

京城的一大特色

在一個九層立交橋下，我們找到了一個旅館，價格很公道：一兩銀子一晚，人數不限！

拿著行李走進房間，一股原始社會的味道撲面而來，真是撩人心扉啊！我只有讓茅十八先進去放行李，等他出來的時候，我才能進去。聽說歐洲有個先知說過——兩個人不能同時走進一個房間。說的可能就是這個旅館吧。

這個房間沒有五百平方釐米，也有四百五十平方釐米。能夠把旅館修成如此規模，也是京城的一大特色。

幸好茅十八和我是結拜兄弟，同意我先睡上半夜，等我出來後，他再睡下半夜。要是其他房間的客人就慘了——有個房間裡一直不停地發出慘叫，打開門一看，只有七八條腿在顫動。大家打了110、120、119，還打了12315，都沒人能把他們拖出來。

看來他們欠瞌睡欠得太多了！

我們進旅館的時候，正好碰上立交橋規畫處的傢伙，抱著一摞圖紙對旁邊的人道：

首都～首都～

要把他們拽出來很簡單——炸橋。

旅館老闆在一邊不停地發煙發糖發紅包，求爹爹告奶奶地讓他們別炸！

老闆最後說：我保證一直守在房間門口，找最好的醫生最好的護士在旁邊待命，等他們餓成皮包骨頭的時候，自然就鬆動了——拉出來還不是舉手之勞！

京城的二大特色

上旅館公共廁所的時候，我睡眼朦朧，不小心踩到了一個ＣＦＯ（首席財務官），我找右邊蹲著的一個搞ＭＩＳ的總工程師借火點煙熏蚊子，然後借給左邊一個首席代表一張草紙，還跟前面等位置的海龜博士聊了兩句。等出來的時候，就有一個劇組集體上廁所，看他們穿的Ｔ恤——大型古裝現代言情武打懸疑紀實電視劇《還錢格格》劇組。

藏龍臥虎之地啊——京城。

到京城天橋去演出

歇了兩天，我們終於決定去表演了。

但在哪裡表演好呢？要人多，有錢人多，而且大方的有錢人多才行。終於，茅十八說：根據我的經驗，咱們還是到天橋。

我問：為什麼？

茅十八自通道：天橋的乞丐最多——乞丐多，說明施捨的人也多。這就是商業社會的趨利原則。你說我聰明不聰明？

我：……

到了天橋，果然是好一派風光啊！街上什麼人都有，什麼玩意都有。就是沒有街頭賣藝的。

我們找了個空檔，把包袱放下來，把裡面的傢伙拿出來。茅十八慢慢地脫下上衣，露出了一身的排骨與肌肉，開始繞場一周，吆喝道：各位兄弟姐妹，老少爺們，快來看啦！

周圍慢慢地站了幾個人。

茅十八：今天我們揚州的送文藝下鄉小組來到京城，特借京城寶地爲大家獻醜了……

我糾正：獻藝！

茅十八：……呵呵，特爲大家獻藝來了！兄弟不才，學過幾年粗淺的三角戀功夫……

我糾正：三腳貓！

茅十八：兄弟的功夫儘管粗淺，但是爲大家表演的心情是急切的，也是真誠的。只要大家的招子放亮點，就可以管中窺豹井低觀天地看出來……

我不想糾正了……

茅十八抱拳行禮道：現在我看周圍也大略站了四五個不識抬舉的傢伙，還有些不知好歹的人沒出現，不管怎麼說——外行看門道，內行看熱鬧！我在表演之前，還是給大家介紹介紹。中國功夫享譽海內外，講究的就是一個好看。俗話說——中看不中用，中用不中看，二者權衡取其輕，看爲用之母，用爲看之父，看用結合乃表演之根本，我這套功夫既不中用也不中看，只是中立。但願不要讓大家失望才好，但你們實在失望我也無所謂，無所謂就是無所謂。無知者就無所謂，所以你們都可以認爲我是個無知者，但你們都來看我無知者的無所謂表演，那你們難道就很有知識嗎？其實你們沒有知識

韋小寶日記

也不可怕。怕就怕「認真」二字，人一旦認真起來，都可以嚇人一大跳。但你們看我是被嚇大的嗎？不是吧！其實你們才是被嚇大的，今天我就要嚇你們一大跳。跳也是中國功夫之一，所謂跳者，不是跑，也不是走。但古人說，走就是跑。你們說古人秀逗了還是我秀逗了！不管誰秀逗，終究大家是要看功夫的。我現在給大家說一說跳，自人類從海裡的魚進化成爬行動物，慢慢就長出雙腳了，其實長腳也不可怕，可怕的是人還長出了兩隻手。其實長手也不可怕，更可怕的是人學會了直立行走。直立行走一點不可怕，最最可怕的是人學會了使用工具。所以你們今天能站在這裡看我表演中國功夫，不是因爲你們長了雙腳，也不是因爲你們長了雙手，主要是因爲你們有雙手雙腳還在思考。人家說人類一思考，上帝就發笑。我們先不管上帝發不發笑，但思考用的是什麼，用的是腦子嘛。人有腦子而動物也有腦子，但人就比動物聰明，爲什麼——因爲人會各種各樣的跳，而動物就只會一種。大家都知道人可以立定跳，可以三級跳，還可以腳不點地地跳。可以跳樓，跳舞，可以跳海，可以跳車，你們會幾種？不會只會一種吧。但告訴你們一個真的事實，我就會所有類型的跳。

嘿——來勁了！

周圍的人愈來愈多，大家都黑著臉，一言不發地看著茅十八。

首都～首都～

茅十八：跳一跳，十年少。這是顛撲不破的真理。你們看街上拐角的地方，那麼多大爺大嬸捏著扇子在幹什麼，跳啊！這是我中華醫學流傳下來的葵花寶典。說起葵花寶典，我就想起我爺爺和我奶奶。想當年，我爺爺少不更事，我奶奶名花有主，但他們爲了純潔的偷情，走進了那一大片承包的高粱地裡，踩倒一片，撲倒一片，再嚇倒一片，然後就有了我爸爸。我爸爸當年是占山爲王的土匪頭子，爲了懲治腐敗，寧可冒著掉腦袋的危險殺富濟貧。我爸爸那時候還不是我爸爸，因爲我媽媽正好出生在一個腐敗起家的家庭裡，她從小出污泥而不染指一分，濯青蓮而不妖治萬分，真的難能可貴啊！是人都不容易長成她那樣的，但她就那樣長成了人，長得那麼出眾，真是雞立鴨群。我爸爸在一次掃街行動中，便與我媽媽在庭院深深處相遇了，兩個人迸發出了超高壓的火花。他們就手拉手心連心走進了那最後的一片伊甸園裡，摘下了果子，欺騙了上帝，把蛇煮來吃了，最後用樹葉縫製了一套後現代的哈韓服裝，一人一套。然後我媽媽在猴年馬月羊日豬時離我爸爸一點八公分的距離對我爸爸說了一句話——等咱有了錢，哼，什麼伊甸園別墅，一次我們買兩套，你住一套我住一套！想吃果子吃果子，想吃蛇吃蛇，一次吃兩根，一根紅燒，一根活剝——蛇皮拿來當褲帶！

……

如果這世界上有什麼話最能打動人，那無論如何這段話都會排在頭一名。

周圍的人全部躺在地上聽，一邊聽，一邊笑，一邊吐泡泡。

今天我們大豐收，居然一傢伙收了四十八兩銀子。

遇見了伯樂

在京城裡占據一席之地，是古今中外多少傑出人士的夢想啊！但我們快要實現了！

今天，在茅十八又一次長篇大放厥詞的時候，兩個電視台的傢伙站起來說：這位仁兄，真是好口才。儘管你的功夫我們不知道，但你的舌頭必定是裝了電動馬達的。我們是電視台的製片，已經連續聽了你三天了。經過慎重考慮，我們決定爲你開闢一個專門的節目，叫——有話好好說。你來演這個節目，就按你現在的風格，隨便怎麼說都行！

茅十八：這個……這，是真的……嗎？

電視台製片道：真的真的。只要你在這份文件上簽個名，馬上就可以領到第一個月的工資——三千兩銀子！

我暈倒了！

茅十八當上了主持人

茅十八上電視了。

報紙上長篇介紹他的新型ＲＡＰ式的主持風格，完全開創了電視節目主持的一個新時代。

又有歷史學家分析道：自從人類學會說話以來，基本是按照邏輯原理來組織語言的，而類似茅十八這種秀逗式的表達方式，除了能在瘋人院裡找出案例，基本在其他人類身上已經絕跡。這種方式幾乎可以直接申請世界文化遺產和世界自然保護遺產的雙遺產。

無庸質疑的是：大家應當像愛護大熊貓一樣地愛護茅十八。

但報紙上對我隻字未提。作爲保護動物的結拜兄弟，難道就不應該受到保護嗎？即使保護得稍微地差一點，也可以啊！

但好在茅十八還是講義氣的。電視台給他分了一套八居室的房子，他讓我住進了其中一間。

站在這個百廢待興的房間裡，我依然保持了對未來旺盛的希望。

等到茅十八回來的時候，我跟他說：帶我上電視，行不行——就一次？

茅十八搖頭：你能演什麼？

我：桌子！

出了名的難處

但出了名，也有名人的難處。

每天，房子外面都擠滿了等茅十八簽名的電視迷。男女老少五花八門的都有，唯一相同的地方是他們手裡都拿著簽名的筆記本。

多少個日夜，我也盼望著有這麼一天。這一天居然離我這麼近，居然就在我眼皮下面，而讓茅十八我的結拜兄弟搶走了！

嫉妒啊，第一次體會它的滋味，才知道他媽的根本不是滋味！

我便開始當茅十八的經紀人，也許這比較適合我的風格。我幫茅十八簽名，簽一個收二兩銀子，我很快就先富起來了，說句不好聽的話——可能比茅十八還富。

我的手都簽出關節炎了。

後來找了個刻章的，刻了一個茅十八的手寫體印章，直接蓋就行了！——但還是忙不過來。

再後來，我找工程師設計了一個蓋章的機器，用內燃機驅動的，二點零升的排量，五檔加速，四門四驅帶ＣＤ帶電動天窗，外加真皮座椅。

我怎麼一下子就墮落起來了！墮落得見到銀子都不露笑臉了！

銀子換成了金子，金子換成了票子，票子換成了房子、車子、馬子。

但我一點都不高興。

我憑什麼是配角

韋小寶日記

現在外面的那些人動不動叫我「小寶爺」，聽著怎麼這麼噁心呢！年紀輕輕的，什麼爺不爺的，嫌我不夠男人味兒啊！

其實我知道我是茅十八的配角，就這點讓人不爽。但配角就配角吧，想當年，在揚州的時候，他還不是被我哄得團團轉。今天出息了，人就變聰明了嗎？

我得試試他！

等到茅十八晚上喝得醉醺醺回來的時候，我把他扶到了床上，然後舀了一瓢冷水，慢慢地從他頭上淋到腳上。

我嘿嘿地笑。

茅十八大叫：小寶你不想活啦？整我？

我說：兄弟我讓你清醒一下，不要被花花世界搞得喪失了價值觀！你以爲你是誰啊？

茅十八楞道：我，ＲＡＰ主持人啊！當今京城的四大名嘴之一。

我大笑：你這個時候的話還真有邏輯性呢！那我是誰呢？

茅十八：你是小寶嘛！

我：難道就是這個？

首都～首都～

茅十八：那還是什麼？

我：當年我用三百兩銀子換了你的一條命，現在你紅了，就當我不存在啊！

茅十八：……我記得是我給你的三百兩銀子……怎麼回事？難道我真的很秀逗啊？

我：真是敬業——台上台下一個樣。我救了你的命後，你又跑來找我幹什麼？

茅十八：找你喝酒擺交情啊！

我：然後呢？

茅十八：然後咱倆就上京城來了嘛！

我：上京城來之前呢？

喝酒擺交情！

喝酒之後呢？

上京城賣藝！

……

我昏了！他徹底忘了。

我提示道：我們在那土堆前面喝酒，燒黃紙，還有那麼多程式……

茅十八頓時醒悟：啊，結拜兄弟！

我冷冷道：還知道咱倆是結拜兄弟——外人以爲我是你的佣人兼經紀人呢！

茅十八抱著我痛哭流涕：好兄弟，委屈你了！其實我一直都把你當兄弟呢！只是這些天來，咱們不是都在掙嗎？我在掙名聲，你在掙錢，這個那個的一忙起來，不就有點忘了。

茅十八最後說：沒問題，我以後會隨時想到你的。

茅十八作秀

今天，我破例完整地看了茅十八在電視上的表演。

一陣激烈的黑人RAP音樂過後，茅十八盛裝出場了。他坐在桌子前，喝了一口水，道：

現代社會的競爭，已經不再是以前的那種生產資料的競爭。更多地表現在人才的競爭上。說來說去，還是一個「人」字起主要作用啊！沒有人，這個世界就沒有生氣，這個地球就沒有長進，這個宇宙就沒有意義。而有了人，一切都是那麼地有趣。你們有的

首都～首都～

「人」一定沒有經歷過生死考驗吧，但我就經歷過。那是一個多麼讓人頹廢的下午啊，我正躺在「總統腳」房的包廂裡洗腳，幾個刺客卻在陰暗的角落裡，商量準備對我行房——不，行刺！但在千鈞一髮的時候，我的兄弟來了，他就是小寶。他讓我付了三百兩銀子，然後像燈塔一樣給我指了一條生路。人可以沒有錢，可以沒有女人，可以沒有地位，但一定不能沒有兄弟。沒有兄弟的人是可恥的。可憐的姐妹們，你們永遠體會不到當兄弟的滋味——除非你們都去做變性手術，但做了以後，誰又來承擔我們撫育下一代的重任呢？除非你們再變回來。那樣的話世界真的就大亂了，在世界上，誰也不知道你是兄弟還是姐妹？我有一個夢，就是讓我和小寶兄弟永遠地做兄弟！煮豆燃豆萁，豆在釜中泣，本是同根生，相煎何太急！大家都說——皇上不急太監急。誰要是不把自己的兄弟當兄弟，我就跟你急！說到急，我倒想起了我即將出版的寫真集，那才真的是一本發人深省的書啊，所謂讀萬卷書，行萬里路，指的就是這種書。這本寫真集是請攝影大師唐白虎的第N代後人唐青龍專門拍攝的，既不露點，也要露點，點在哪裡，你自己去買來看。

……

總算提到了我的名字，這烏蛋，還算個兄弟！

韋小寶日記

爲皇帝現場秀

除了沒有麗春院那熟悉的氛圍，京城的一切都好。

我知道，皇上歷來是住在那紅牆綠瓦的大院內，裡面除了太監，就是當今選美大賽的前三千名。我也知道皇帝叫康熙，但這姓康的是個什麼模樣呢？真是好叫人費解！憑什麼他就能當皇帝，我這等人就只能在外面擺地攤兒？

今天，茅十八意外地中午跑回家，跟我說道：小寶，趕快化妝，穿上最好的衣服，洗澡，刷牙，掏耳屎——咱們要進宮去表演。

原來皇帝正好看到昨天這個茅十八的ＲＡＰ節目，龍心大動，龍顏大喜，龍眼大亮，要看茅十八的ＬＩＶＥ現場。

用了三個時辰準備好一切後，我和茅十八一起坐在四人驅動的轎子裡進了宮。之前，早有工作人員交代了進宮後的規矩：不准隨地吐痰，不准隨地大小便，如暈轎子可以在嘔吐袋裡吐，不准打望宮女妃嬪，更不准對皇上無禮。

首都～首都～

經過一長串的走廊和宮殿，我們的轎子終於到了一個院子外。大家都下來走進去。

皇上遠遠地坐在龍椅上，根本就看不見面孔。

在前面的大廳裡，放著一張桌子和一把椅子，茅十八戰戰兢兢地坐了上去。旁邊的一個太監尖著嗓子道：演出開始啦！

茅十八臉紅筋漲地憋著，居然一句話都說不出來……突然，他的身下發出了一聲尖銳而悠長的怪聲。

皇上大笑：你放屁！怎麼以前沒有看你表演這個最精彩的節目呢！

我看茅十八差不多已經崩潰了，像一灘黃泥一樣靠在桌子上。

然後皇上說了一句讓茅十八徹底崩潰的話：你以後就專門表演放屁吧！再來一個！

我走上前道：皇上，這鳥人是在下的兄弟，真沒出息！天下誰敢反對皇上，這鳥人見了皇上居然就敢說——不——字！

皇上完全笑翻在龍椅上。

我接著說：請皇上把他當屁一樣——放了他吧！

皇上笑得完全已經沒有聲音了。

……

RAP天王茅十八

茅十八又出現在了京城的街頭，表演RAP歌曲。這是他自己發明的表演節目，把大段的台詞唱出來，然後找了一個拉二胡的傢伙幫他打節奏。

今天出來買草紙，一眼就看見茅十八正和那拉二胡的瞎子一起，合唱方言RAP歌曲。

快使用雙截棍　哼哼哈兮
快使用西瓜刀　哼哼哈兮
習武之人切記　仁者無敵
是誰在練太極　風生水起
快使用阿帕奇　哼哼哈兮
……

韋小寶日記

皇上也有少年維特的煩惱

自從回來後，茅十八再也不能上電視台表演了。因爲他既說不出話來，也放不出屁來，坐在鏡頭前就只能發呆。

他被解雇了。

今天，宮裡的老太監海公公專門到家裡來，對我說：皇上好久都沒這麼笑過了！皇上請你進宮一敘，這可是莫大的榮譽啊！

我望了茅十八一眼，然後收拾東西進宮了。

皇上在後花園裡喝著茶，就像我們揚州茶館裡的混混一樣。我走上去，道：原來我以爲皇上很忙，隨時隨地都在調兵遣將，沒想到皇上也有曠工的時候！

皇上：我就是現在也沒閒著啊！你坐啊。

我坐下：皇上看起來像是有少年維特的煩惱啊！

皇上：後宮佳麗無數，我倒不擔心感情的問題，我是擔心鼇拜。

RAP天王茅十八

我：鼇拜——是一種深海動物也就是我們俗稱的海鮮嗎？

皇上大笑：真的是動物就好了！可惜他是人，他不但是人，還是我身邊最親近的人，可惜他不但把持著朝廷的大權，還隨時隨地有可能奪我的權！這個鼇拜一天不除，我這個皇帝就一天當不穩啊！

我：各人都有一本難念的書。我在揚州城邊的村裡碰到一個老漢，他對我說，要是哪天當了皇帝就好啦，我就可以在田這邊放一盤甜椒炒肉絲，在田那邊也放一盤甜椒炒肉絲……

皇上：爲什麼？

我說：耕田的時候，走到這邊可以吃一口，走到那邊再吃一口！

皇上笑道：真是樸素的勞動人民啊！

我問道：那鼇拜到底什麼來頭？難道有更大的後台爲他撐腰？皇上都是天下最大的後台了，難道……

皇上：他現在的後台就是軍隊。他掌握著我們大清國的大半軍隊，我要是把他惹急了，他一造反，我就得下課。你說他的後台硬不硬？

我：那咱們就各個擊破，把他的權力瓜分掉，好不好？

韋小寶日記

皇上：這個我已經佈置了！現在的最大問題就是要找個機會把鼇拜抓起來。俗話說——樹倒猢猻散！鼇拜這個最大的樹倒了，剩下的猢猻根本不在話下。

我：那就下令抓他吧！

皇上嚴肅道：下令，我身邊的人多半都被他收買了！沒等到令下去，他早就跑了！這種事關係到大清國的生死存亡，要小心謹慎啊！不小心會有許多人沒命的！

我：那皇上找我來是？

皇上：我們一起商量商量，想個辦法制伏鼇拜！

我：最好把他拿來清蒸了，像龍蝦一樣，蘸著醬油吃！

皇上：本來宮裡只能有我一個男人住，但咱們要商量大事，就顧不上這些小節了。不過有些事情，我也要防著點，先讓你委屈一下。來呀！

周圍幾個侍衛上來，把我的手腳按住。然後一個太監拿著一個三角形的鐵箍上來了，他先把我的褲子全部脫下來，接著就把三角形的鐵箍套在了我下身。

我不解：這是什麼？

皇上狡詐地笑道：貞操褲！

這個姓康的傢伙，有水準，居然連這個都想到了！

RAP天國第十八

人生不能承受之輕

今天是我住進皇宮的第一個晚上，天上繁星點點，地上也一樣是繁星點點。我站在亭子的欄杆邊，看著天上，看著水上。此處只有一個迴廊通向其他宮殿，但在回廊的盡頭，駐紮著兩個太監加強連。人人高度警惕，對於皇宮來說，即使三角貞操褲也不能完全保證我青春期不衝動。

特別是對我這種青春期的男人。康熙對我說過！

端著洋人大使送的波耳朵酒，叼著生番之國提供的哈瓦那雪茄，我在亭子欄杆上徘徊。這樣的天氣，這樣的地點，難免讓人想入非非啊！

但想入又無處可入。這才是人生之不能承受之輕。

……

我變成了一隻勤勞的小蜻蜓，嗡嗡嗡，嗡嗡嗡，開著新式滑翔機，在皇宮上空徘徊。一陣烏雲飛過，我避開了。一陣暴雨下過，我躲開了。一陣鳥屎掠過，我也閃開

了。

就在下面，花叢中，有無數的美女正在等待，等待皇上的召見。這個貌如天仙，那邊性感妖嬈，中間的靜若處子，後面的動若脫兔。隨便賞給我哪個都成啊！趁著皇上不在，我就一個猛子紮下去，直接紮進了其中一個美女的懷中。

好一座飛機場，平坦如鏡，光滑如洗。

拉回油門，拉開襟翼，放下起落架，我開始降落……

吱——一聲，前輪觸地，蹦了一蹦，在牛頓的指引下，後面兩個輪子也相繼觸地——不是觸地，是……

美女大驚，用探照燈一樣的眼睛射向了我：這麼多年了，就只有你來過，後宮佳麗三千，每次皇上叫到兩千四百八十號時，就不再往下叫了——你知道嗎？而我就是兩千四百九十九號。知道嗎，我只有寫一首詩在樹葉上，扔到陰溝裡流逝算了。

美女接著說：大家都叫我挺胸做人，說得輕巧！

我安慰道：做女人挺好啊！

……

南柯一夢傷別離啊！

RAP天王茅十八

RAP天王

茅十八又出現在了京城的街頭，表演ＲＡＰ歌曲。這是他自己發明的表演節目，把大段大段的台詞唱出來，然後找了一個拉二胡的傢伙幫他打節奏。

今天出來買草紙，一眼就看見茅十八正和那拉二胡的瞎子一起，合唱方言ＲＡＰ歌曲。

燒烤店的煙味彌漫　隔壁子是武術館
店裡面的死老妞兒　茶道有三段
教拳腳武術的老闆兒　練鐵沙掌　耍紅纓槍
……
幹啥者　幹啥者　呼吸吐納心自在
幹啥者　幹啥者　氣沈丹田手心開
幹啥者　幹啥者　日行千里不買票

韋小寶日記

飛簷走壁莫奇怪　哈哈兒就來
一個馬步向前　一記左勾拳　右勾拳
一句惹毛我的人有危險　一再重演
一根我不抽的煙　一放好多年　它一直在身邊
快使用雙截棍　哼哼哈兮
快使用西瓜刀　哼哼哈兮
習武之人切記　仁者無敵
是誰在練太極　風生水起
快使用阿帕奇　哼哼哈兮
……

周圍的觀眾不停地喝彩，看得我都興奮起來。

走上去，我拍了拍茅十八的肩膀：兄弟，你真是好樣的！我在裡面，你在外面，大家一起奔向美好未來。

茅十八充滿信心道：你看前面兩個長頭髮的男子，他們又是唱片公司的星探，滿大

RAP天王茅十八

街找歌星的那種。他們都來這聽了我兩天了，我看我馬上就要出唱片了——到時候送你親筆簽名的唱片！當當紅歌星也是一種美德嘛！

我：挖靠，你這傢伙怎麼總是和文藝界的有瓜葛呢？剪不斷理還亂！

茅十八思索道：我已經總結了——我這輩子就RAP定了。以後我還要出RAP小說，寫RAP專欄，演RAP電影，特別是長篇電視劇，更是適合RAP的風格。你看那《還錢格格》，顛三倒四翻來覆去就說一個主題。我顯然是這方面的行家。我——就是RAP天王。

——志向很大啊！

康熙死對頭好玩

我終於見到康熙的死對頭鼇拜了。

下午，我抽空溜出宮去逛街溜達。正在小吃攤前買披薩的時候，就聽見外面有人叫：鼇拜大人駕到！左右迴避！

韋小寶日記

一陣隆隆的聲音傳了過來，彷彿天搖地動一般。接著一隊騎兵飛快地跑過街道，把周圍的行人車輛撞得東倒西歪的。我見狀，便立即從披薩店裡衝出來，站到街中間，解下紅肚兜，對著前面一揮。

只見鼇拜身著風衣，騎著一二五的汗馬，從前方「吱」地一聲刹了車，差點連人帶馬摔下地來。

鼇拜：靠……這裡還有紅燈啊？

我說：不是，鼇大人，我崇拜你已經很久了。今天有機會一見，希望你能給我簽個小名！我年齡雖然小，膽子卻還有點大，特別是對自己的偶像，我向來都是要和他親密接觸的！

鼇拜：左右，退下！

然後鼇拜小心地拿出準備好的筆，有毛筆、鋼筆、鉛筆、圓珠筆、眉筆、口紅，笑眯眯地對我道：你想我用哪一種筆來簽？我的小粉絲！

我：原來大人已經熟悉這套程式了！

鼇拜激動不已：我等這一天已經很久了。你知道作爲一個公眾人物被公眾遺忘的感受嗎，兩個字——痛苦！

RAP天国第十八

我說：我還以爲是快樂呢！

鼇拜仰天道：萬人簇擁，燈光閃爍，記者雲集，粉絲追隨，我以前每天都生活在那種氛圍裡——可自從那康熙小兒上台後，我，再也見不到那幫人了。就連聖誕節的酒會，都只有我一個人孤獨地在聖誕樹下徘徊，而他們竟然都去給康熙送禮物去了。不過我在房間裡還是找到了一隻襪子……

我說：好啊，打開！

鼇拜：那——也就是一隻襪子，翻過來它還是一隻襪子，而且散發出浸人心扉的味道，多麼地欲言又止，多麼地花樣年華，只是裡面什麼都沒有！

我：……

鼇拜馬上握著我的手：還好，這個世界終於還是有你這個知己！走，到我家喝酒去！喝了酒我給你簽。

鼇拜的家真的很大，我們從大門口到客廳，都要騎馬。客廳裡雕樑畫棟，歌舞升平，完全是一派大家風範。

我們在客廳坐下，鼇拜叫下人擺上了一小桌酒席，然後給我斟了杯酒：你是我第一個請回家的粉絲，先乾了這杯！

韋小寶日記

面對熱情的鼇拜，我一口就喝下了這杯酒。

鼇拜道：自古粉絲出少年！但似你這般敢於扮成紅燈模樣，還攔路要求簽名的粉絲就少了！我今天就破例給你簽一百個各種花式的名字。

我：……

鼇拜：左右啊，拿我的全套簽名工具來。

下面的佣人開始忙碌起來，很快，桌上便堆積了無數的傢伙。鼇拜驕傲地給我介紹道：這裡是我平時的發明。儘管我公務繁忙，但一有時間，我就會回家搞簽名工具的發明。我不但是傲視天下的陰謀家、政治家、武術家，還是智慧過人的發明家。這裡除了有自動寫字的毛筆，有可以輸入粉絲姓名的簽字筆，也有彩色噴墨的簽字機，還有我的自動簽字文檔……讓我給你一一簽來。嗨，我給你說話的時候不要睡覺！

我：……鼇拜大人，我實在很睏啊……等下再簽吧！

……

等我睜開眼的時候，鼇拜已經抱著一疊花花綠綠的紙片，慈祥地笑道：你醒啦——這裡是我給你簽的一百個名，你拿去慢慢看吧。記著你們粉絲交換簽名的時候不要跟蔡醫淋換哦！我最討厭這個女子——檔次那麼低！要換就換蔡國輕的。

——唐僧啊！

皇帝才是包公

住在皇宮裡，吃得好，喝得好，玩得也好，但就是很不舒服。不管是誰，只要你穿上貞操褲，保證你在皇宮裡也會愁眉苦臉。

特別是眼前的格格、公主、妃子、佣人都那麼漂亮，痛不欲生啊，就是我現在的感受。但爲了答應康熙的一句話，我還得繼續忍受下去。

我給康熙看鼇拜的簽名，康熙分析道：這個鼇拜，平時那麼酷，上朝時還戴墨鏡，臉上一絲表情都沒有，原來內心還是這麼熱烈，這麼希望有粉絲。真是個雙重性格的人啊！

我：其實我到鼇拜家裡去喝了一杯酒——他強烈要求我去的。我看他也不是那麼壞，啊？

康熙怒道：你吃我的，喝我的，居然敢跟鼇拜串通一氣，看我不把你閹了！

穿著貞操褲，他還想陰我——天下有這麼不講理的事嗎？

康熙又緩和下來：這個鼇拜獨攬大權，在朝廷上任意發號司令，拉幫結派，根本不把我這個皇帝放在眼裡，咱們要想辦法除掉他才是啊！絕對不能有婦人之仁！

我不理解：不要以爲給我穿了貞操褲，就把我當婦人了！

康熙：誰把你當婦人——你看到那鼇拜的家了吧，怎麼樣？

我：腐敗、豪華、庸俗。

康熙：跟我想的差不多，我也很久沒有去了，以前他才上任的時候是很廉潔的，這麼多年來，別人都反應說他手腳不乾淨，我也沒有認真地調查過。哎——以前他家住的是三十平方米的房子，又小又黑。後來考慮到他還是有些功勞，就給他劃了一大塊兒地，讓他自己修一套三居室的住房——沒想到啊！

我說：他那裡簡直就是腐敗樂園啊——前面有游泳池，後面有跑馬場，中間是豪華包房，你說得花多少錢？你說他多沒品位？！

康熙：真的？

我：當然，如果跟皇上一比，那他的游泳池就簡直是洗腳水，他的跑馬場只能晾衣服，他的豪華包房簡直就是我們俗稱廁所的洗手間。跟你比起來，他簡直就是包公啊！

RAP天國茅十八

康熙：……

文理科高考狀元眞離譜

今天，康熙親自接見了今年科舉考試的文狀元和武狀元。

康熙一聲「召見」，兩個狀元便由太監引到了殿內。

康熙問：兩位新同學，恭喜你們中了今年的文武狀元。你們既然中了狀元，肯定都有自己的貓膩——不，是各自有各自的拿手絕活。你們給朕說說自己的志向。

文狀元上前道：皇上，我今年高中文狀元，實在是運氣，不敢奢望有大的包袱，但求能爲國家盡自己微薄之力！我就像你的電子郵件，只要給我個地址，我都願意被發送到任何地方。

康熙點頭：不錯不錯，既有自知之明，也能屈能伸。那你說說，什麼是運氣？

文狀元低頭道：鄙人考試之時，見今年的論文題目是《堅持到底》。便想到了我的娘、我的家。我在論文中寫道——當初我媽爲了我的學業，不惜學孟母三遷。我家原

來是在護城河邊的平房裡，屋漏就要逢連夜雨，上廁所只能在馬桶裡，早上出門倒馬桶時的滋味你沒嘗過吧？那不是一般的臭，尤其是當臭的液體和臭的固體混合成糊狀時，那才是發自內心的臭。不過幸運的是，我們碰上了舊城改造，第一次住進了有廁所的房間。遷進去之後不久，我又發現咱們家的面積不夠，於是我們去和房產公司理論，正好碰上他們的老總在，就給我們換了個大面積的房子，足足比以前多出兩個廁所，咱們家一共就是三個廁所了，我都在想是不是開個公共廁所呢？——運氣降臨的時候，擋都擋不住啊！我們新家給我們帶來了無窮的歡樂，但無窮的快樂總是有時間的。我們家的三個廁所居然全部開始漏水了！所以，人一生中的運氣是沒有定數的，運氣好的時候，可以連換三次房子，運氣不好的時候，可以三個廁所一起漏水。

康熙：那你堅持到底要幹什麼？

文狀元：我們還要堅持去找房產商理論——繼續換，換到不漏水爲止！

康熙：那就分配你去搞房產監督。那武狀元你也說說你自己！

武狀元：我家一向有習武的傳統。咱們那水泊梁山的山旮旯裡，家家的孩子都愛打架，祖祖輩輩都有占山爲王的惡習。俺們一致認爲，道理愈打愈清楚。所以我耳濡目染之下，便從小開始練武，李小龍是俺的偶像，史特龍是俺的對頭，成龍是俺的哥兒們。

後來我就連續三年被私塾評為打架衝在前的積極分子。
康熙皺眉：難道你就不知道——不戰而屈人之兵嗎？
武狀元：俺曉得啊——就是人家用紅纓槍對付你的時候，最好一下把它折成兩截，紅纓槍的槍法和雙截棍的棍法差得很遠。這樣，人家就只有求饒了！
一個人說話能離譜到這種程度，我只有——靠了！
最後康熙把武狀元打發去填海工地幹活。

他不當皇帝啦

看慣了宮裡的絕色美人，再想想自己的現在。真是非人的待遇啊！
經常服侍我的有兩個小丫鬟，一個叫綠玉，一個叫紅玉。她們是兩姐妹，號稱自己有十八歲，但依我看來——最多只有十五。
沒事的時候，我就愛喊綠玉紅玉給我捶背捏腳，享受ＶＩＰ待遇。
正在舒服的時候，康熙一腳就跨了進來：你個小混蛋，我為國家大事焦頭爛額，你

卻在這裡享樂。今天氣死我了——鼇拜愈來愈猖狂！

我說：皇上先坐下——讓綠玉給你捶背，消氣。

康熙坐下來，綠玉連忙上去給他捶背。康熙道：那鼇拜今天居然假冒我的名義發兵到西域，把我最信任的將軍從我身邊調走了！你說他是不是犯上作亂？

我說：當然，罪名成立。但你能不能抓他——不能吧！

康熙：……我就這樣當皇帝，還不如咱倆換換，我在這裡享受按摩——真舒服啊！

等你去跟鼇拜糾纏。

我跳起來道：——就等你這句話了！

康熙：……

一起去春遊

難得今天是個大晴天，滿園春風關不住啊！

我們一起去春遊。康熙換成了便服，我換了官服，綠玉換了晚禮服，紅玉換了職業

裝，再加上兩個大內高手跟在後面，我們就輕裝上路了。

好久沒有出來，外面的世界又有很多變化。股票跌了，房價漲了，私家車多了，美容院也多了，大家都裝得像有錢人了。唯一沒有變化的是鮮花還是那麼豔麗。

花園裡，遊人如雲。集市上，商販如雨。

一個賣花姑娘走過來，對康熙道：客官，買支花送給姐姐吧？

康熙搖手。

綠玉扭著身子道：哎呀，這花好漂亮，怎麼不給我買呢……

賣花姑娘把花遞給康熙：就一兩銀子，便宜，表達表達心願吧，這玫瑰代表的是愛慕之心！

康熙更加猛烈地搖頭。

紅玉也上來道：原來公子對我們沒意思。

我掏了兩塊碎銀子給賣花姑娘，拿花遞給了康熙：這叫借花獻福！

康熙把花又遞給綠玉紅玉：不是我不想表示，是這花擺明了太貴……

綠玉紅玉高興地親了我一口，康熙悄悄地對我怒目而視。

到了前面的小吃攤前，一個賣鍋盔的和一個賣包子的都在大聲叫賣。

賣鍋盔的叫道：新鮮出爐的鍋盔啊，放在嘴裡可以吃，放到地上可以坐，放在被窩裡可以暖腳，放在胸前可以防身啊！

賣包子叫道：熱騰騰的包子啊，放到嘴裡可以嘗鮮，放到地上絆人，放到被窩裡可以暖手，放在胸前可以裝女人啊！

我上去拿了一個鍋盔，又拿了一個包子，然後在自己胸前一邊放了一個，問綠玉和紅玉：那我這樣是不是又裝女人還防身呢？

綠玉紅玉不理我了。

比武大賽

鼇拜給康熙和我都發來了邀請函。

——茲定於今日舉行自由搏擊金腰帶大賽，歡迎閣下蒞臨參觀指導，喝彩助威！地點：鼇府「大瘋堂」。

康熙對我道：小寶，你說咱們去不去呢？這會不會是鼇拜設的圈套，趁咱們不注意

暗算我們？

我：不會吧——鼇拜即使要暗算咱們，不會這麼明目張膽吧——還要發個帖子來暗算?!

康熙：那會不會我們坐的位子下放有炸彈?或者座位下有暗道——讓咱們人間蒸發？

我：你間諜片看多了吧！

康熙：那我得多帶幾個侍衛！哦，還有防彈背心、頭盔、夜視儀、迷彩服、帳篷、睡袋——

我：上戰場啊？

康熙歎道：人生如戰場，戰場如生人。

到了鼇拜府中，早有人接待我們到大瘋堂裡ＶＩＰ座，前面就是四四方方的比賽台，周圍用繩子圍了起來。等到觀眾到齊後，一個主持人穿著金閃閃的燕尾服跳上台道：今天，是我們一年一度的自由搏擊金腰帶大獎賽決賽。眾所周知，鼇拜鼇大人一直是這個專案的霸主，從比賽設立開始，就一直蟬聯冠軍。每年都有眾多的高手挑戰他的位置，但他的地位卻始終沒人能撼動！今天，我們新的挑戰者是來自廣東的「石斑魚」。

石斑魚跳了上去，從外型上看，還算是個人。但他的手那麼長，跟小偷一樣。他的腿那麼粗，跟象腳一樣。他的頭那麼大，跟豬頭一樣。

能長得這麼變形，也是練自由搏擊過度啊！

鼇拜也上來了，他穿著鍍金的馬甲，一副傲視天下的樣子。主持人介紹道：這是咱們的常勝將軍，古典式摔角冠軍，現代式鬥毆狀元，特別善於混戰、單挑、暗算、擠壓、偷襲、下毒、欺騙等高級戰術，是一名不可多得的混合型選手。

康熙嘀咕道：果然不出我所料——奸人啊！

鼇拜和石斑魚兩人在台上互相握手致意，裁判一聲哨響，比賽終於在喧囂中開始了。

只見鼇拜一記猛烈的掃堂腿過去，石斑魚一個燕子翻身躲開。鼇拜又一記掃堂腿，石斑魚又一個鯉魚跳龍門，鼇拜再一記掃堂腿，石斑魚躲無處躲，終於被掃翻在地。

石斑魚舉手抗議：哪有三條腿掃的？鼇拜犯規！

裁判：人家鼇大人雖然裝有第三條腿，但並未違反自由搏擊規則——你有第三隻手也可以盡情使出來啊！重新開始！

RAP天團茅十八

鼇拜這次用的是摔角術，一上來就抱住了石斑魚……

石斑魚再次舉手抗議。

裁判：又怎麼啦？

石斑魚：他抱我！

裁判：自由搏擊可以抱身體！

石斑魚紅著臉道：……但他在吻我耶！

裁判警告鼇拜：注意，這是男子自由搏擊，不是男女混合雙打！給你一個警告——開始！

鼇拜目光陰沈起來，慢慢地遊走在石斑魚周圍，石斑魚也小心翼翼地伸出手防守著，兩人的步子愈來愈快，圍著台子轉起圈來……

石斑魚突然跳起來，踢出一個二踢腳。鼇拜連忙把頭一歪，石斑魚一腳踢到鼇拜的檔下，「咣」的一聲，石斑魚捏著腳坐到地上哭了起來。

裁判：比賽進行中不准哭！這是鼇拜大人的鐵檔功。

石斑魚：就沒聽說過鐵檔功裡還帶刺的！

鼇拜嘿嘿笑道：呵，我就不能升級啊！

裁判：比賽繼續進行！

這次石斑魚更加小心了，根本不和鼇拜接觸，只是兜圈子。他在前面跑，鼇拜在後面追……鼇拜因爲體型龐大，漸漸地落後了。

鼇拜邊追邊對裁判道：我投訴！

裁判：不批准，繼續！

鼇拜不滿：：——又不是跑三千米，這是自由搏擊比賽！

石斑魚得意道：來追我啊——追不上了吧！

鼇拜突然哎呀一聲，停下來抱住了大腿：我的大腿肌肉——

裁判和石斑魚都上去看，鼇拜抓住二人一陣暴扁，慘叫聲在空曠的房間裡回盪著……

鼇拜：哼，自由搏擊嘛，當然可以用各種辦法！

鼇拜再次戴上了冠軍專用的金腰帶。

打不贏的時候，就要智取

康熙再也不給我說擒拿鼇拜的事了，而說得最多的就是怎麼智取鼇拜。

打不贏的時候，就說要智取。打得贏的時候，就說要憑實力。理由總能找到那麼多，我實在是佩服得緊，不敢佩服得有一點鬆。其實力戰也不是不可能，但康熙說即使勝了，也會落得個幹力氣活的名聲，不好聽。但要想智取鼇拜的話，考慮到自己的智力水平，康熙說也沒有完全的把握。

這像一個做皇帝的人說的話嗎？

不過智取呢，正是我的強項。古時候不是有一個姓田的傢伙跟人賽馬，明明馬比人家的差，還賽三場勝兩場，人家還不敢說他出千，真是鳥人啊！後來又有一個姓諸葛的強人，硬是用一把古琴，一首古典名曲避退了幾十萬大軍，率領另一支大軍的就是那個姓司馬的強人。兩強相遇還有一弱呢，我就不信鬥不過鼇拜這傢伙！大家都有腦子，我要看看最後到底是誰的腦子進水了。就像瓦爾特說過：誰活到最後，誰就能看到結局！

我一定要堅強地活下去，這點是毫無疑問的。

康熙說：朝廷進貢了大門紅衣大炮，是遙遠的不列顛國奉送的。

我說：紅衣大炮是什麼？不列顛國又是什麼？

韋小寶日記

康熙：……

等到了院子裡，我才發現這傢伙真的很粗也！我一個人都抱不過來，死沈死沈的，炮筒的後面有一大砣圓鼓鼓的，康熙說是裝炸藥的部分，炸藥我知道，那就是鞭炮裡裝的。那還是咱們中國發明的。

我撫摩著大炮，感慨道：這下今年過年的時候，我再也不買鞭炮了。只要皇上來點燃這個大鞭炮，那全中國的人都聽得見——那大家都不用再花錢買鞭炮了！

康熙扶著院子邊的欄杆吐了起來……

「小資」「憤青」「白領」

紅衣大炮的試驗場選在了遠離市區的牧場裡。

今天天氣真好，萬里晴空，只有頭頂飄著片片烏雲。草原很大，一眼望不到邊，可是草場上卻被沙漠吞噬了，草原像一頂破舊的瓜皮帽，戴在一個乾枯的老漢頭上，而散佈在草原裡的牛羊，卻像老漢頭上那揮之不去的蝨子。

RAP天國茅十八

三門紅衣大炮像衛兵一樣排成一列，後面的引線拖到了康熙面前，鼇拜也拿著一根，康熙讓我也拿了一根。

衛隊吹完了悠長的狩獵曲後，只見前方的小山包上立起了三個靶子，一個靶子寫著「小資」（中產階級），一個靶子寫著「憤青」（憤世嫉俗者），一個靶子寫著「白領」。

康熙說：這是壓在我們頭上新的三座大山，咱們一人一個把它們幹掉！

我問：怎麼這大炮的口是向上的——打飛機啊？

鼇拜恨了我一眼：知道什麼是拋物線嗎？

我搖頭。

鼇拜蹲在地上，用樹枝畫出一道弧線來，給我講解道：平常我們扔石頭打人，不會直接瞄準吧，總要扔高那麼一點點。因爲石頭運行的軌跡總是緩慢下落的。同樣的道理，打炮的時候，咱們也要把炮口調整得高一點，

康熙道：咱們三人自己調整大炮，比比看誰能打得更準！

大家都叫好。

康熙對炮手道：瞄準「憤青」，角度四十三度，發射。「砰」的一聲巨響，大炮

韋小寶日記

落在靶子前面不遠的地方爆炸了，幸好彈片飛起來，將憤青二字削掉了一半，只剩下個「憤」字。

康熙悻悻道：鼇拜大人，該你了！

鼇拜：瞄準「白領」，角度四十七度，發射。又一聲巨響，大炮落到靶子邊上爆炸，將「白領」和那個「憤」字一起炸掉。

鼇拜得意道：一石二鳥！

我一定得比過他們兩個，哼，跟我鬥！我對炮手道：這算什麼啊，看我的——角度，四十三度加四十七度，目標「小資」，雙份炸藥，發射。

眾人全部開始作鳥獸散地跑了起來，我從來也沒見過人能夠跑得這麼快，簡直比送軍令快多了。我大叫道：跑什麼啊——你們！康熙跑得披頭散髮，鼇拜的頂戴花翎也掉到地上，被眾人踩扁了。一瞬間，周圍只剩下我自己，鼇拜遠遠地叫道：小兄弟，快過來！康熙也叫道：小寶，想活命的話就跑過來！

「砰」地一聲，大炮發射了。

我叫道：你們倆說什麼啊，我聽不清楚！

天上有種很尖利的聲音往下傳來，刺得我耳朵發癢，什麼玩意兒啊！我再次望了望

RAP天國茅十八

周圍，連給我點火的炮手也消失不見了。那種尖利的聲音還在繼續變大，變大……

突然，康熙問：小寶，你有什麼後話要交代的，我一定滿足你！有什麼遺願要完成的，我幫你去完成！有什麼遺孀要撫恤的，我也幫你安排！

我笑道：我要你先把我的貞操褲脫下來！

康熙含淚使勁地點頭。

哭什麼哭！——烏皇帝。

只聽見一聲巨響，我看見炮彈直接飛進了炮膛裡，還冒著熱乎乎的青煙。

遠處有人歡喜地叫道：是啞彈，是啞彈！然後大家才慢慢地走了過來。最後，康熙當著眾人的面，命名我爲「大清勇士」，直接升我做「福旺大將軍」。

我問康熙：那貞操褲的鑰匙呢？

康熙很不情願地從懷裡掏了出來，我開了鎖。

真舒服啊——又透氣，又乾爽！綠玉紅玉兩個丫頭還不知道我的貞操褲已經取了，知道了她們一定嚇得半死！

韋小寶日記

朝廷不是飯廳

今天上朝的時候，康熙宣佈了一項規定：文武大臣在朝廷上可以自帶便當，以便於朝廷深入商討國家大事。

連午睡的時間都要剝奪，康熙也未免太那個了。

鼇拜上來道：以臣的經驗來看，朝廷乃國家重地，一舉一動都關係著國家的安危和千萬人的安全，在朝廷上吃飯，難道要把朝廷當飯廳麼？

康熙不悅道：成大事者不拘小節。

鼇拜：小節不拘，大節不保。俗話都說，小時候偷金，大時候偷白金。皇上是否可以改一下規矩——在朝廷外增設一個餐館，一方面方便官員們用餐，一方面也可以保持朝廷的清潔。

康熙：那你說怎麼辦就怎麼辦吧！我要休一周的假。這段時間朝廷大事由鼇拜大人暫時代理。我命名你爲首席代表。退朝！

韋小寶反封建記

在皇宮裡懲久了，出來一下子覺得還是外面好。逛到天橋邊，看到以前我和茅十八賣藝的地方，我感慨道：皇上，你知道賣藝的感覺嗎？在那麼多人面前，你要一點都不怕。沒有肌肉也要鼓起膀子，沒有絕招也要把牛皮吹起，沒有吃飯也要打飽嗝，這需要多大的勇氣啊！

康熙笑道：那咱們今天來重溫一下賣藝的生涯吧！

衆人齊聚，康熙緩緩地把手舉起來，放到琴上，看了周圍衆人一眼，然後把手一揚，開始彈了起來。

喀嚓──喀嚓，幾聲巨響從琴裡發出來，琴上的弦斷了。

康熙皺眉站起來道：有人偷聽！

……

跟皇帝去旅遊的滋味

康熙回來，叫我跟他一起出去微服私訪。我問他去哪兒，他只說去旅遊。有這麼微服旅遊的嗎，我就把紅玉綠玉一起叫上，再叫了兩個大內高手當侍衛。中午時分，我們幾人化裝成平民，從皇宮的側門溜了出去。

康熙看著我的衣服，笑道：小寶，叫你化裝成平民，你怎麼不換衣服呢？

我說：皇上，我不是一直在微服嗎？從來就沒有穿過正裝，還化什麼化！

康熙：今天出門後，你們都叫我老大就行了！

我：那叫我什麼？不會是老二吧！

一出宮門，真是氣象萬千。外面的世界真精彩，以前我身在其中，還一點不覺得。在皇宮裡憋久了，出來一下子覺得還是外面好。

逛到天橋邊，看到以前我和茅十八賣藝的地方，我感慨道：皇上，你知道賣藝的感覺嗎？

康熙搖頭。

我說：在那麼多人面前，你要一點都不怕。沒有肌肉也要鼓起膀子，沒有絕招也要把牛皮吹起，沒有吃飯也要打飽嗝，這需要多大的勇氣啊！反正我覺得能賣藝也是一種美德！

康熙笑道：那咱們今天來重溫一下賣藝的生涯吧！

說完，康熙立刻叫綠玉紅玉把周圍清場，然後叫侍衛把隨身攜帶的大皮箱打開，從裡面拿出一個攜帶型八仙桌，再拿出一把古琴放在上面。然後叫綠玉焚香，叫紅玉打水洗手。

我連忙在一邊走場子帶吆喝：各位客官，各位兄弟姐妹老少爺們兒，請看這邊啊！音樂能陶冶人的情操，但高尚的音樂總是伴隨著高貴的門票。讓大傢伙兒想陶冶也沒那麼多銀子啊。今天，我們這位康公子將高雅的音樂普及到民間，將高雅的藝術展示給市民，讓大家一飽耳福，大家來點掌聲好不好啊！

周圍漸漸地聚集了一些看客，而康熙正在閉目養神，準備拿出看家本領了。

我吞了吞口水，繼續道：我們是上面派來的文藝下鄉工作組，所謂走鄉吃鄉，走縣吃縣，雖然高雅藝術是免費的，但咱們吃飯住店走路總要有些花費，所以請大家捧個場，有錢出錢，有色出色。看——我們康公子已經淨手焚香，正在醞釀情緒，大家待會兒可要仔細聽好哦！古人說，音樂好，可以當吃一頓紅燒肉……

康熙睜眼道：餘音繞樑，三月不知肉味！

我：對啊，反正比肉還好！康公子即將演奏的是古典名曲——

康熙：鳳求凰。

我說：對，就是鳳凰中間加個球！

周圍的看客已經很多了，我對康熙示意道：康公子，可以開始了嗎？康熙點頭。我一揮手，周圍的人群都靜了下來。

康熙緩緩地把白皙的手舉起來，放到琴上，看了周圍一眼，然後把手一揚，開始彈了起來。

喀嚓——喀嚓，幾聲巨響從琴裡發出來，琴上的弦斷了。

康熙皺眉站起來道：有人偷聽！

……

幸好有兩個侍衛護駕，不然今天可就糗大了！我們飛快地跑出了城後，才在田邊坐下來喘粗氣。可綠玉紅玉在後面就慘了，她們只有不斷地扔銀子，才能分散追趕的人群，這一路跑下來，身上準備的幾百兩紋銀也扔完了。

康熙感慨道：不到萬不得已，不要輕易去賣藝！

好多東西並不是愈重愈好，比如肥肉

在離京城最近的霸王村，我們碰到了村裡慶豐收的大會。村裡的人從各處絡繹不絕地趕來，有的提著剛摘的西瓜，有的抱著才收的玉米，有的趕著剛出欄的豬，更多的村民是用小車推著大捆大捆的白菜趕來。

村長站在台上，叫大家把豐收的產品拿去過磅。每稱一樣產品，村長就要驕傲地宣佈。

一個村民把西瓜放上去稱，村長道：這個西瓜二十四斤，去年才二十三斤，直接增長了有足足一斤啊！

一個村民把白菜拿上去，村長道：這個白菜四斤二兩，去年一顆白菜才三斤九兩，又增長了三兩。

又來一個村民抱著一包東西道：村長，順便幫我稱一下。

村長看秤：八斤！你這是什麼玩意兒？

村民高興道：去年我隔壁老馬的瘤子才四斤，今年我的瘤子割下來就有八斤，直接增長了一倍啊！

康熙走上去，自己稱了一下體重：一百二十六斤。去年我才一百二十四斤，怎麼會長胖了呢？

我說：這是毛重。如果去掉衣服，再拉掉中午吃的兩斤大餅，你可能還沒去年重呢。

下面一群胖胖的婦女道：村長爲了要先進稱號，叫我們大家都長胖了，現在減肥都減不下來！

康熙拍拍村長的肩膀：好多東西並不是愈重愈好——比如肥肉。

原來黑客是這個樣子

走了一天，大家都累壞了。我們新租了一輛車，兩匹馬力，無級變速，三箱四門，帶三個窗子，座位可以隨意調節，真正的國產貨。兩個侍衛在前面駕車，我們坐在車廂裡。

康熙道：別以爲我真的是出來遊山玩水，我是出來辦正經事的。

我：搞得這麼神祕，你到底要做什麼？

康熙望著窗外：鼇拜一天不除，我哪裡有心情玩呢？

我：其實玩也不錯啊，就當鼇拜不存在。

康熙：其實我出來都是冒著生命危險，鼇拜如果派殺手在路上攔截，那我堂堂一個大清皇帝，死在小蟊賊手上，才叫划不來呢！

我恍然大悟：哎呀，那得小心了——如果我是鼇拜，我都要派殺手來的！

正說著，馬車停了。侍衛在喊：什麼人，敢擋大爺的路！

康熙臉色蒼白。

我鑽出去看，只見外面有個黑乎乎的男子站在路中。我大聲叫道：這位有何貴幹？

黑漢子道：我要找一個人！

我說：那就去找啊——侍衛，繞開一下走！

韋小寶日記

兩個侍衛把馬拉向一邊，那個男子又移動步伐，擋住了馬車。

我問道：你是誰？

那人道：我從來沒有留姓名的習慣，天地那麼寬，我想去哪裡就去哪裡。世界那麼大，我想要誰倒楣就要誰倒楣！不要嫌我的臉黑，其實我的手段更黑！

康熙在裡面哈哈笑道：原來是江湖上鼎鼎無名的——黑客。

黑客道：裡面識貨的兄台是否是康兄？

我大驚道：這你也知道！

黑客不屑道：這有何難？小客死一件——天下最賤的賤人是你，天下武功頂尖的大內高手當馬夫，這車掛的牌照還是ZJC-008（紫禁城008），你當我沒看過大內密探零零發麼，你說這車裡的貴人會是誰？

我不好意思道：原來我在外面的名聲這麼大啊！

黑客：是賤名啊！

康熙道：那就請黑先生進來一敘如何？

兩個侍衛道：老大……

康熙：請進！

黑客一閃身，從後門鑽進了車裡。

我不滿道：請你進去，怎麼還是鬼鬼祟祟的？

黑客：走後門習慣了！

康熙道：我知道你一向是獨來獨往的俠客，你攔我的路有什麼事嗎？

黑客：作爲一名黑客，我想了解最高系統管理員的運作方式。

康熙黯然道：儘管大家都把我當成最高的系統管理員，但真正的控制權卻在鼇拜那裡。至少現在咱們這套是雙作業系統的運行方式，一套是WINDOWS KX（康熙），一套是WINDOWS AB（鼇拜）。

黑客道：世界上任何系統我都入侵過，還沒有難倒我的地方。

康熙：可我面對的是世界上最強硬的系統，硬體軟體都幾乎無懈可擊，想要讓WINDOWS AB（鼇拜）崩潰，真是很難啊！

黑客：愈是無懈可擊的系統，一旦有了致命的BUG，崩潰起來就愈快……

我：什麼小蟲子？

黑客：漏洞——給你們兩個一時也講不清楚，但我可以在半天內找到他的BUG。

康熙大喜：真的？——你說，你有什麼要求，我都可以答應你！

黑客嚴肅道：我負責幫你找到鼇拜的BUG，你負責爲我們黑客正名。

我：改成——白客？

黑客：……

我：那就改成——紐約客！

黑客：不，還是叫黑客，不過咱們要建立自己的虛擬國家，叫黑客帝國。

康熙點頭：虛擬的還可以，我答應你！

黑客走了。

洗手間的講究

凌晨，我們從破爛的小旅店裡出來，憋著一肚子的惡氣。

康熙：真受不了——旅店洗手間裡居然還用竹片片！搞得我的屁屁痛了一晚上，在皇宮裡我都用絲綢的！

兩個侍衛道：老大，我們哥倆覺得還不錯呢——出差的時候，我們一般都習慣性便祕……

綠玉紅玉道：老大，我們姐妹倆給你準備的聖旨專用紙呢？

康熙：啊，還有那個啊?!我怎麼給忘了呢？

強人谷的秀逗王

經過了幾天的跋涉，我們終於到了一個山谷口上。康熙下了車，帶著我們向裡面走去。

突然，路邊閃出幾十個全副武裝的武士。

一個武士說：12095191293500304093343451984651230491283408123893456。

康熙慢慢道：102030123941093900320034099032002340120340103401001075。

武士高興道：密碼正確！老大，您終於來了！

我快要支持不住了，以前謠傳說康熙的記憶力驚人，其實是錯的——他的記憶力簡直是恐怖啊！

那武士拿起號角對著山谷裡吹兩聲，道：請進！

韋小寶日記

康熙對我們道：這就是著名的強人谷。我帶你們進去看看！果然是強人谷，連守門的記憶力都那麼好！

綠玉：強人谷有什麼來頭？

康熙：所謂強人谷呢，就是把咱們身邊各種類型的強人全部聚集到這個山谷裡……

紅玉：那這裡就是人間地獄了！

康熙嚴肅道：準確地說——是地獄在人間！

但往裡面進去，一路上都是鳥語花香，絲毫感覺不到惡人的氣氛，而且空氣也異常地清新，連地上的小草都那麼善良，一點沒有欺負人的意思。

前面有幢大型的別墅，大門上面刻著一個大字——強。

別墅門口有個老頭在乞討，坐在地上，面前寫著一張乞討書。我們走近一看，康熙慢慢地念：

告全谷人民乞討書——

乞討，乃人生一大樂事也。所謂站著說話不腰疼，坐著乞討不累人。無論什麼時代，乞討都是最方便快捷的發財之路。無論什麼地方，乞討都是最休閒的生活哲學。儘管上天讓人做牛做馬，讓人生老病死打遊戲，但上天也賜予了人最珍貴的禮物，當然就是乞討。

不需要打卡上班，只需要你坐到街上。不需要投資，你的衰像就是最好的資本。不需要修飾，愈衰愈能得到同情。更不需要搞性賄賂，誰敢上你呢？

在乞討界，本人擁有最高學歷（經濟、哲學雙博士），而且一向特立獨行。長期奉行三不方針：不要大面額鈔票，不要新鮮食品，不要新款時裝！

我討，故我在。

大家每人都扔了點銅板給他，感慨道：確實是乞討界的強人啊！

剛一進門，就看見一個掃地的歐巴桑一手拿著一把掃帚，正在打掃客廳。只見她踩著凌波微步，正在飄逸無比地掃地，而且滿是灰塵的地面，沒有她的一點足跡。我們都看得發呆了，突然她一個鷂子翻身，開始打掃屋頂的蜘蛛網了，一邊掃還一邊罵：上網就上網嘛，還要聊天——看我不戳死你們這兩隻死蜘蛛！

史上最強的歐巴桑啊！

我們趕緊進了客廳，突然兩個小孩從我們面前跑過，後面拿AK—四七的男孩在追前面拿匕首的女孩，還沒等我們反應過來，裡面就響起了密集的槍聲和小孩的尖叫聲。

韋小寶日記

裡面一個穿睡衣的女人出來叫道：一大早的，你們兩個傢伙又在打CS啊！先去做作業，不然我在你們的書包裡安C－四（飛彈）……

終於一個文質彬彬的男子開門出來問：你們找誰？

康熙道：我們找小強。

男子道：小強不在，他到廚房去散步了！

康熙：那你叫他啊！

男子道：那你們跟我一起去。說完他帶頭向廚房走去。

廚房在走廊的盡頭，十分地寬敞明亮，陽光從窗戶直射進來，裡面一個人也沒有。

男子彎腰輕輕地喊：小強，小強，你出來啊！

康熙和我面面相覷。綠玉紅玉問道：是不是出去了？

男子歪頭想了想：嗯，可能出去了。說完又走到外面的花園裡，到處望了望：小強，別跟我捉迷藏了，出來見客人吧！

……還是一點反應都沒有。

康熙：那我們等等吧！

男子蹲在地上，仔細地觀察著，突然，他衝到前面，從地面草叢裡拎起一隻蟑螂，

痛哭道：小強——你，你死得好慘！告訴我，是誰把你扁得這麼扁的，告訴我，我要爲你報仇！有客人找你耶，你說——話——啊！

……

康熙摀著太陽穴道：到底是誰秀逗了?!

我懷疑地看著他搖頭：真沒想到啊！

康熙：不是我——

這時，從外面進來一個胖呼呼的漢子：哎呀，早聽說老大你們來了，跑到花園裡跟秀逗王玩什麼啊！

康熙：小強——你沒事吧？

小強：那人是強人谷裡最秀逗的，大家都叫他秀逗王。他把蟑螂叫小強，把蚊子叫小花，把頭皮屑叫小白。少跟他玩啊，到最後只有他玩死你們的——咱們走，別理他！

我們跟著小強出門，那男子還在後面笑道：別以爲我傻，誰不知道你們那些玩意兒啊，不就是對付鼇拜嗎？——我有的是辦法。

小強揮手道：千萬別信他的——他把屋裡的耗子叫鼇拜！

強——強得我已經開始時空逆轉了！

螞蟻玩蒼蠅

倒了一晚上的時差，早晨起床的時候特別舒服，不但忘了以前的時間，也忘了現在的時辰。康熙說今天是重要的日子，大家一起討論如何對付鼇拜！其實我已經估計到了康熙的意圖：就是用這幫強人來圍殲鼇拜！

吃罷早餐，大傢伙全體坐在了會議桌前。

康熙道：今天，我們有個重要議題要大家一起來計畫。就是如何用各種辦法堅決、徹底、乾淨地打垮鼇拜？

小強道：大家暢所欲言，百花爭豔，枯木逢春吧！

我說：我以爲咱們強人谷裡的強人們要依次打入鼇拜府的內部，從內部瓦解敵人才是最好的辦法！

康熙欣然同意道：對，但要想打入敵人內部，也很困難！這就要大家齊心協力，發揮團隊精神，發揮螞蟻搬家的精神，發揮螞蟻啃骨頭的精神，發揮螞蟻打大象的精神，發揮螞蟻玩蒼蠅的精神……

（有這種精神嗎？）

秀逗王站起來道：大家沒發現我喊的名字基本上都是帶色的嗎？我決定到了鼇拜家後，升級爲一千六百七十萬種ＴＦＴ真彩色，玩得他暈掉。再找一百隻小強放進他們家裡……

——簡直是殘忍啊！

……

康熙聽了眾人的發言，道：那大家就聽我的安排！讓鼇拜去屎吧。

羞羞草

綠玉發現了一種味道很好的草，摘了一大把回來，亂蓬蓬地像雞窩一樣。

綠玉：小寶，你嘗嘗是什麼味道？

我拿了一根，放在嘴裡嚼，跟萵筍差不多。

綠玉：我去採蘑菇的時候，看見有兔子在吃這種草，吃完以後就跳起來追耗子，還一邊叫道——別以爲把耳朵藏起來我就不認識你了。後來又有山羊吃了這種草，吃了就去追牧羊犬，牠也叫——平時都是你欺負我，我今天倒要看看誰欺負誰？你說好玩不好玩？

我：這是什麼草啊？

綠玉的眼神開始放光：小寶，你覺得我的性格溫柔嗎？

當然啦！

綠玉拉著我的手：你想見識我熱情奔放的一面嗎？

——？？

我慢慢地向門外退出去，綠玉的全身都開始發熱，道：小寶，你是不是暗戀我？暗戀我就直接跟我說嘛，別扭扭捏捏的！

——###@%&^%

我開始發足狂奔，綠玉把袖子挽起，一下子就跑到我前面來了……

一幅經常在電影中的場面出現了。

我頭暈腦漲，全身大汗淋漓，手腳酸軟，醒來的時候，卻看見綠玉已經坐在床頭上——床頭?!

綠玉掐著我溫柔道：我要告訴媽咪——你要對我負責！

我：負責什麼啊？

綠玉撅嘴：你吃了那種草，坑害了人家，就想拍屁股走人啊！

我想起來了：是你先吃啊，而且是你吃了追我的啊！

——這是不是叫草率行事呢？我得把這種草留起來，可以派上大用場！

綠玉：難怪我看見兔子的眼睛發紅了——耳朵豎起了——把耗子壓在身下了——真不害臊！

我：你怎麼不講完整呢？這叫什麼草？

綠玉：我也不知道——我給它取了個名字，叫羞羞草！

WHY？

綠玉說：因爲——吃完以後，就不要臉了！

秀逗王的丰采

韋小寶日記

強人谷裡有個天然的池塘，汩汩的泉水從山上流下來，池塘裡生物種類齊全，從肛腸動物到爬行動物，從兩棲動物到軟體動物，應有盡有。所以我到池塘邊轉悠了很多次，都不敢下水洗澡。

但是，強人谷裡其他人全部都敢下水。

特別是秀逗王，在水裡一邊搓，還一邊喊：開飯了，開飯了！

周圍有很多生物向他聚集過來——哇！真壯觀啊！

拜拜，打倒青蛙和恐龍

今天是我們在強人谷的最後一天，康熙再次把大家叫到一起。

康熙：今天，我們就要開始光榮而偉大的使命了。我們一起高呼——打倒封建社會的大官僚！

——打倒封建社會的大官僚！

打倒封建社會的大惡霸！

——打倒封建社會的大惡霸！

打倒封建社會的大變態！

——打倒封建社會的大變態！

打倒封建社會的大青蛙！

——打倒封建社會的大青蛙！

打倒封建社會的大恐龍！

——打倒封建社會的大恐龍！

康熙接著道：我們每個人的任務都已經安排好，你們就聽隊長小強的指揮，各路強人依次行動，一定要把鼇拜及其黨羽全部消滅！

眾人群情激揚，儘管大家喊的都不一樣，但都顯得很興奮。

臨走的時候，我叫綠玉又去裝了一大包的羞羞草。

回到宮裡，我遊興未消，即席賦詩一首：

歷史進程倒騎驢，

韋小寶日記

擒賊安用阿帕奇？
王不留行侏儸紀；
海馬驢腎齊壯志。
臨水一喝天荒老，
幽谷鹿鳴羞羞草。
綠玉生烟香蘭笑。
皇上小蜜也敢泡？
戰前動員滅鼇拜，
魔鬼訓練蓋中蓋！

宮中太監宮女有個屎亡詩社，把我的詩放在網站上，跟貼如潮。

鼇拜落網

鼇拜被流放到四川去了，帶著一家老小。

臨走的時候，康熙考慮到大家也是曾經的同事，還是和我一起去城門口為鼇拜送行。

我對鼇拜道：老哥兒們，你的親筆簽名我還留著。等以後行情上去了我再拿出來賣——現在明星市場不景氣，偶像派的都在垮價，更別說你這種長得像海龜的海龜派了。

鼇拜一拱手：送犯人千里，終有一別！二位到此剎車，請回吧！沒有你們的日子裡，我會更加珍惜自己。沒有我的歲月裡，你要保重龍體！

招商引資

京城裡彌漫著一股奇怪的味道，剛一進城門洞，我們都感覺到了。康熙焦急道：莫非——鼇拜已經叛國奪權了？

連守城門的衛兵也和以前不一樣了：以前的衛兵是那麼懶散，就一群群地坐在城門洞裡，抽水煙，喝二鍋頭，打麻將，只要你身上有銀子，就算你是連環殺人犯也可以自由進出。

今天，我們就被盤查了半天。

城裡的大街也不一樣：以前垃圾遍地，臭氣熏天，地上陰溝裡的水完全是米酒的味道——因爲地面鋪滿了果皮垃圾，時間久了一發酵，那就自然釀成了酒。連討飯的都不用專門去買酒喝……

可現在——地面上連一顆頭皮屑都找不到，莫非？

而城裡的市民更是不一樣了：以前人人出門都帶著刀槍，蒙著面罩。因爲一出門，幾乎都要被打劫，而最好的辦法就是你自己裝成劫匪。結果一來二去，全城的人都扮成

鼇拜落網

了劫匪。連康熙第一次微服私訪的時候，也有被搶金戒指的經歷。

可現在——大家都把銀子放在最顯眼的兜裡，我都可以從衣兜的形狀估算出有多少銀子。

……

我們依然從側門回到了皇宮。

康熙立即宣佈緊急上朝。很快，文武大臣都急匆匆地來了。康熙坐在龍椅上，慢慢地看了大家一眼，問：有誰能告訴我，這兩天出什麼事了？

鼇拜上前一步道：稟告皇上，臣正在進行招商引資，所以這兩天加強了管理，整頓了作風，治理了搶劫，美化了市容……

康熙沈吟道：——招商引資——是個什麼玩意兒？

鼇拜：在皇上出去休假的幾天，烏有國的投資考察團來到我大清國，考察我們的投資環境。如果滿意就可能投資開辦馬車廠——那可是一年幾十億兩銀子的大生意啊！我這兩天帶他們到處參觀呢，當然得整頓治理一下。

康熙皺眉道：那不是弄虛作假嗎？現在看是乾淨的，等人家一走，又遍地是垃圾了！

鼇拜：所以臣請皇上下聖旨——我們一定要堅持長期整頓下去，直到整出投資，整出銀子。

康熙：那就整吧！退朝。

性賄賂

鼇拜捎來了簡訊：今晚請速到府中一敘！

回不回呢？不回的話，人家會說我沒有簡訊道德。回的話，又怎麼說呢？

想了半天，我決定去！不入虎穴，焉得虎子！

月亮升起來的時候，我悄悄地找那個買通了的小太監帶我出去。好不容易出了後門，便找了輛馬車直達鼇拜府。

鼇府的管家一直在大門守侯著，便把我領進了鼇府中最深的書房，剛一坐下，鼇拜便哈哈笑著出來了。

鼇拜：小寶兄弟，既然來了，咱們就好好聊聊，我叫下人準備了些宵夜，咱們喝兩

杯。

我：別那麼客氣嘛——晚上嗎，只要有點清蒸龍蝦三文魚鮑魚稀飯就行了，再上點風乾的熊掌好下酒。酒麼，就芝華士兌綠茶吧。再找兩個妞來伴舞也不錯哦！

鼇拜愣了愣，笑道：好好！

——這傢伙，還真的按我說的準備好了！他就敢腐敗到這種程度！

鼇拜端起酒：小寶兄弟，其實你們的計畫我早知道了！

……詐我？沒那麼容易！

鼇拜繼續道：不就是把強人谷裡的強人找來嗎？——你說我就這麼容易對付？康熙那小兒未免太小瞧我啦！

我：康熙也不小了——

鼇拜：我就實話實說罷——康熙身邊早有我的臥底！今天既然你來了，就給我一個答案，你站在哪一邊？

我端起酒猛喝了一口，指著前面跳舞的女孩道：哎，這個舞好看耶！兩個美貌女子，一個繞著根鋼管，一個鑽進鳥籠子裡，讓人浮想聯翩耶！

鼇拜嘿嘿笑道：小兄弟，只要你一句話，以後我就把她們送給你，叫她們倆天天晚

上給你跳！

我說：真的——其實我覺得康熙這個人，也不怎麼樣。

鼇拜高興道：你看出這點來也很不容易呢，康熙最善於用善良來掩飾自己的毒辣。只要你跟著我，揭穿康熙的陰謀，那以後你還不是要風得風，要雨得雨。要網就網，要當就當。

今天這兩個美女跳得真是熱火朝天啊！

鼇拜看著我的眼神：嘿嘿，心癢了吧！來呀——給我上人！

突然，眼前那堵粉紅色的牆分開了，從裡面衝出來幾十個美女，暈啊！

鼇拜笑道：小兄弟喜歡的，哥哥肯定給你！自己挑吧。

我拍拍鼇拜的肩膀：老哥，你這是賄賂哦！

——這鼇拜，害得我一瘸一拐地才走回去！

皇帝的賄賂天才

今天下朝後，康熙拉著我到他的辦公室。我還是到他的辦公室去，裡面僅僅只擺設了一張書桌，一張床和兩把椅子。然後就是滿牆壁的書。

康熙坐下道：小寶，你進宮的時間有多長了？

我扳指頭算了算：七十六天。

康熙：那你說，咱們這麼多天來結下的堅固友誼是否經得起考驗？

——當然能啊！

康熙坦然道：其實鼇拜有什麼舉動我早知道了！包括你昨天晚上去他家。

——這個你也知道?!

康熙笑道：知己知彼，百戰不殆。我早有內線打入他的身邊了！所以，以前的強人谷計畫全部終止！

——那還問我什麼？咦，你也來這一套。想玩無間道玩死我啊。

康熙：不過，只要你穩住鼇拜，讓他以爲他已經勝券在握就夠了。以後跟著我這種老大還愁吃喝嗎？就是結七、八個老婆也不成問題。

——怎麼穩住？

康熙小聲道：到時候聽我指揮！

用簡訊做生意

我有點想韋春花了。要是她知道我在京城混到了皇帝身邊，還不知道高興成什麼樣子呢？辣塊媽媽的！

在揚州的時候多單純，即使有個蘋果在我面前攪和，也比外面搞得這麼複雜好。在家千日好，出門時時難啊！

我給康熙發簡訊：事成之後，把揚州麗春院賞給我！

康熙回簡訊：把揚州蘇州一起賞給你！

我又給鼇拜發簡訊：事成後，把揚州蘇州杭州賞給我！

鼇拜回簡訊：你想要揚州麗春院吧——我保證給你！

——韋春花要知道我現在用簡訊做這麼大的生意，保證要吐一臉盆的血！

準備跑路

殺氣，在京城上空瀰漫著。我已經感受到決戰時的氣氛。這場決戰到底誰勝誰負，還未可知。儘管我沒有參加決戰的經歷，但粗步判斷是：我一定不能站錯方向。否則，人頭落地都是小事。到時候把麗春院都株連進來，破壞了娛樂設施，我就對不起揚州的老少爺們兒了！

現在正是金秋十月，收穫的季節。我會收到什麼呢？

大戰之前都會顯得特別的寧靜，連最喜歡和我鬧的綠玉紅玉都先後探親去了，只有我孤單的身影在紫禁城裡轉悠。

我到街上買了一把刀，長五尺三寸，刀鞘是銀白色的，刀把上鑲有三顆夜明珠和指南針，在晚上也可以提供照明，找到方向。刀背有鋸齒，通上電還可以當電鋸用。刀鞘一拉開，就是一張菜板，可以在上面切菜切肉。如果在菜板下面點火，就可以做鐵板燒了。

我又想到可能會有一段艱難跑路的日子，便再次上街瘋狂購物。買的物品如下：

雙人露營帳篷一頂。

韋小寶日記

兩個睡袋。

旅行背包兩個（一大一小）。

保溫水壺一個。

二十倍望遠鏡一個。

氧氣瓶一隻。

酒精爐一個。

登山鞋兩雙，一雙綠色（在森林裡用），一雙黃色（在沙漠裡用）。

游泳圈兩個。

墨鏡三副。

隨身聽一個，ＣＤ若干（可放ＭＰ３）。

繩索五十米（既可以上吊，又可以登山）。

假髮兩副（一副男式的，一副女式的）。

假證件一疊。

假牙一副。

碘鹽十斤、味精一斤、蒜片三兩、蔥花少許、薑八個、豆粉兑水一碗。

卷紙一提。

創可貼一盒、白藥半斤、狗皮膏藥十張、羞羞草一麻袋、洗髮液去頭皮屑的兩瓶，止癢的兩瓶。

豐乳霜兩瓶（可作爲禮品）。

減肥膠囊一堆。

其他雜物一馬車

……

看著這麼多的東西堆在屋子裡，我慌亂的心稍稍得到了片刻的安寧。

唯一剩下的問題是：我一個人跑路的時候怎麼帶走這些東西？

別怪我無情

今日立秋，陰有小雨。

早晨起來的時候我就打了一個噴嚏。似乎預示著有什麼狀況。後來找太醫檢查，他

說我感冒了。等康熙下朝來找我的時候，已經接近黃昏時分。他一臉嚴肅的樣子，似乎預示著有什麼事情。

康熙：小寶，我只徵求你的一個意見！你幫我做個選擇。

我：什麼？

康熙轉過身去，慢慢地從懷裡摸出兩張紙片，我看到一張寫著火，一張寫著水。

——我選了火。

康熙點頭笑道：跟我想的一樣。

我問：什麼意思，你想晚上是吃燒烤，還是吃海鮮嗎？

康熙笑而不答，拉著我就出了門。在門口，一幫全副武裝的侍衛站在門口，全是不認識的新面孔。

康熙看著我疑惑的樣子，道：今天我就要行動了！

我：今天晚上幾點開始？

康熙看看天色：就現在！

——沒有時間通知鼇拜了！鼇哥，不是哥兒們太無情，只是你的對手太精明。我暗中安慰著自己。

鼇拜落網

一場腥風血雨的行動開始了。康熙出來後，馬上示意大家：從現在開始，進入紅色警戒。大家都知道是什麼意思吧！

眾侍衛齊聲道：耶！

康熙一揮手：出發！

眾人立即小跑前進，到了太和殿正門，前面廣場上黑壓壓地排列著一支部隊，部隊的中間用黑布蒙著一大堆東西，也不知道是什麼東東。只見隊伍前面一個紅袍將軍迎面過來道：皇上，一切準備就緒。

康熙點頭：好，你來倒記時！

紅袍將軍：預備——十——九——八……三——二——一，點火！

下面一幫士兵立刻把廣場上蒙著的黑布拉開——原來就是那三門紅衣大炮！三個點火的士兵拿著燧石和棉花開始打火……

一下——沒打燃！

二下——還是沒燃！

三下——燃了一下，又熄了！

點火的士兵過來報告：將軍，打火石的質量太差！媽的——國產貨！

紅袍將軍：……

康熙摸出一個打火機：這可是名牌——至寶，用完了記得還給我！士兵領打火機下去，再點！

只聽三聲巨響，三門紅衣大炮依次發出憤怒的吼聲。

我問康熙：這炮，是向鼇拜家裡打的吧？

康熙點頭。

我疑惑道：聽說鼇拜一家人今天都出去郊遊看紅葉了——

康熙頓時臉紅了：什……哼，我本來就要炸他的家……

紅袍將軍過來：皇上，可以進攻了！

康熙：好，進攻！

紅袍將軍一揮手，黑壓壓的士兵們便整齊地從太和殿的後門溜了出去。

我問康熙：走後門？

康熙：爲了不引起注意，當然要隱蔽一點。

我說：可你剛才都打了三炮啦……

康熙不語，黑著臉跟在隊伍的後面。剛一跨出紫禁城，就聽見前面有許多人在叫

喊。

紅袍將軍過來報告：皇上，前面有坑。

康熙：繞過去啊！

紅袍將軍流汗了：——第一個帶頭的士兵沒繞開……後面的就一個接一個掉了進去，後面都以爲那是到鰲拜家的快捷方式……

康熙的臉更黑了：ＷＨＹ？

紅袍將軍：他是高度近視！

康熙：我問的是爲什麼有大坑？

紅袍將軍汗如雨下：因爲在檢修煤氣……

終於，隊伍又重新集結，掉下坑的士兵非戰鬥減員有五名：一個煤氣中毒，一個被泥土悄悄地蒙上了眼睛，一個骨盆粉碎性骨折，一個臀部肌肉勞損，一個美尼爾氏綜合症發作。

隊伍在將軍的指揮下再次前進。

從八大胡同前經過，只見各大娛樂場所前聚集了無數美麗的倩影，無數嬌媚的聲音喊道：來呀……進來玩啊……今天咱們換季大酬賓——全場五折起……

韋小寶日記

有參將過來道：將軍，都五折了——

將軍一耳光扇過去：你就不能等到一折的時候啊！繼續前進！

又有參謀來報告：將軍，《尋芳閣》的小翠在找你呢！

將軍又一耳光扇過去：讓她等我下了班後再說！

……康熙的臉都變成紫色了。

過了八大胡同，前面是著名的賭場「拉屎爲假屎」，一片吆喝聲不斷地傳入我們的耳膜：我的八筒呢——該你啦——壓定離手啊，要贏的趕快！……

參將又來了：將軍……

這次將軍沒有扇出耳光，反而從懷裡摸出一錠銀子給參將：押大！

參將進去，旋即拿著四錠銀子笑嘻嘻地出來追趕隊伍：哇——將軍，你真的是中大運了！

將軍咬牙：媽的，每次出任務的時候，我都贏！就是平時輸得一塌糊塗！

康熙過來扇了將軍一耳光：——才押這麼點啊！

我又昏了！

鼇拜的住址選得真好，要想不驚動四周，得依次繞過八大胡同、拉屎爲假屎，還有

鼇拜落網

一個宵夜大排擋，過了又是金嗓子歌城、滋滋洗腳房、長城麻將館、排骨按摩中心，最後還得繞過京城最大的CBD建築群。

等我們過了CBD的時候，才發現隊伍已經拉得很長了。倒不是士兵在中途掉隊，而是後面有很多群眾在跟蹤圍觀，足足跟了有三里長。

有個年長的過來對我道：我是這裡的前保安隊長——知道你們要祕密行動，但大家都想看看啊——你們穿的這身閃亮制服很好看，不會把自己人和敵人搞混——在夜裡發光是不是因爲衣服上面安了可塑霓虹燈，有人托我問你們從哪裡買的？

我：……

那長者還不甘心，又跑去問紅袍將軍，看樣子將軍也被他磨得夠戧，乾脆叫一個士兵脫下來送了他一件。我看見那士兵一副很不高興的樣子。

將軍喝道：服從紀律！

長者拿著閃亮制服對後面的群眾叫道：我拿到了，我拿到了！

後面一陣騷動。

靠！

鼇拜的家就在前面一百米處，我們在這裡站住了。紅袍將軍過來報告：皇上，這裡

離鼇拜家很近了！

康熙點頭：我知道！

紅袍將軍：但我們再也不能前進一步了！

康熙：我也知道！

——因爲前面圍滿了看廢墟的人群，圍得密不透風。

康熙對將軍道：看來只有包圍這個地方了——我命令——把這個地方包圍起來，一隻蚊子也不准飛出去！

紅袍將軍：喳！——可是，我們只有三百人耶，這裡的群眾沒有一萬，也有八千啊！

康熙的臉又變成綠色了：我說包圍就包圍！

將軍轉身，對下面的士兵吼道：包圍鼇府的廢墟！

前面圍觀的群眾一聽，頓時炸開了鍋，所有人都開始四處亂竄，還一邊大叫道：包圍啦，包圍啦！快閃啊！

場面真壯觀——有人拎著燒焦的太師椅跑，有人端著摔成兩半的盆景，有人牽著炸瘸了腿的狗，有人還背著電視牆在移動……不論是天上飛的，還是地上跑的，都拿著自

己拿得動的東東往外面衝……

等到現場安靜下來時，已經是子時。將軍再次集結隊伍，清點人數，然後過來向康熙報告：皇上，我們的戰鬥力損失達百分之三十四。

康熙焦慮道：怎麼又損失了？

將軍：——我們有好多士兵被人背走了！

康熙頓時發飆道：我不管了，我不管了——你們給我往裡面衝，抓住鰲拜賞黃金一千兩、香煙兩百丈、綢緞五十匹，外帶CBD的寫字樓一間！

士兵們一聽，頓時急紅了眼，全部衝了進去！

我小聲對康熙道：剛才有兩個收垃圾的都空手從廢墟裡出來了——

康熙跺著雙腳，幾乎要哭出來了：難道我們的行動就這麼結束了？不，我要他們戰鬥到最後一刻！

今晚，全體官兵露宿廢墟。

其實所謂的廢墟已經不存在了，全京城所有收垃圾的都在這裡刨過三遍以上，連有點像磚的方形石頭都被他們刨走了。而且我知道，清晨的時候，還會有清潔工再來打掃一遍，掃掉最後的殘渣。

這麼多的要求

又是新的一天開始了。

鼇拜到現在都還沒有出現，據鼇拜府物管處處長介紹，鼇拜一家昨天全部出遊，連柴火房丫頭養的狗都帶去了，也許玩得盡興，就在外面住宿了吧！

紅袍將軍又來報告：皇上，我們的士兵因疲勞過度，要求發加班紅包，還要求早餐外帶牛奶，還要求午餐外帶紅燒帶魚，還要求增加午睡時間。

康熙焦慮道：這麼多的要求？

將軍：不滿足他們的要求他們就要——

康熙怒道：就要怎麼樣？

將軍：就要打仗沒力氣，就要繼續睡覺，就要把刀槍拿去當鋪當了……

康熙咬牙：好！捨不得孩子打不了狼。

將軍歡天喜地回去了。

鼇拜落網

我問康熙：鼇拜沒抓到，怎麼辦？

康熙冷冷道：咱們就原地待命，遲早他會回來的！

隨著太陽慢慢升起，街上來往的行人慢慢多了起來。一個跑步的大爺過來喊道：同志們好！躺在地上的士兵沒好氣道：你ＸＸ才是同志呢！

大爺沒趣地跑開了。

又有兩個上早自習的學生出來，向大家喊道：叔叔們好！

大家都看見了他們手上捏的包子——

將軍站起來喝道：我們正在這裡行動，要注意公眾形象，不准搶學生的包子——只能智取！

士兵們頓時齊刷刷地站起來，把兩個小學生圍住了。幾分鐘的沈默後，兩個學生「哇」地大哭起來，人群閃開了一條縫，學生空著手跑了，只有兩個包子掉在了地上。

這些人能把兩個包子切成均勻的兩百一十四份，顯然是經過了長期軍事訓練的結果。我把我那份給了康熙。

遠遠地，遠遠地，又傳來了「油條、豆漿」的喊聲。大家有了勝利的經驗，而且消化了勝利的果實，顯得更加充滿信心了。但奇怪的是，那「油條、豆漿」的喊聲從遠到近，停了一停，然後又從近到遠地喊著走了。

紅袍將軍：探馬去看看什麼情況！

探馬一溜煙地跑了……良久，才急匆匆地回來報告：將軍，外面全城的餐飲業的老闆都已經聯合起來了——堅決不到我們這邊來吆喝。而且如果有我們的人要進餐館，一律要求先付款再就餐。

將軍：真的？這麼快？付款條件已經苛刻得跟洋速食一樣了嗎？

探馬：資訊時代嘛——現在有什麼壞消息，大家還不是早就知道了！

康熙過來道：他們不來，我們就不能去嗎？難道他們不做外賣的生意了嗎？去去去——給每個人訂一份「全家福」速食，我要的可樂要多加點冰塊哦！

我補充道：我多要一份薯條！

從早晨一直到晚上，我們一直吃著外賣送來的速食，艱苦的軍旅生活啊！

但鼇拜卻始終沒有出現。

屎裡逃生

鼇拜落網

康熙終於支持不住了，下令撤退。奇怪啊，這麼重大的轉折時刻，爲何康熙要半途而廢呢？

一回皇宮，康熙狠狠地表揚隊伍，然後通報嘉獎了全體官兵。一聲「解散」之後，康熙便急猴猴地向後面跑去。

我問道：幹什麼你——跑那麼快，是皇帝跑步的速度嗎？

康熙頭也不回道：兩個時辰後，在洗手間外面等我！憋了兩天了——

……

一個時辰後，我正在洗手間外面的花園裡逗種花的小妞，突然將軍像一座坦克似地衝了進來，抓住我道：皇，皇上在哪裡？

我指著廁所。

將軍旋即衝進去，大叫道：皇上皇上，鼇拜束手就擒了！我們勝利了耶！

康熙在裡面狂喜地叫：好耶——啊——慘啦

……

「咚」一聲悶響後就沒聲音了！

韋小寶日記

我和將軍一起敲門：怎麼啦，皇上，開門吧，出來再慶祝！

……興奮過度是很危險的事啊！

我們使勁地推門，可門很結實，而且裡面上了鎖，怎麼也推不開。沒辦法，將軍只有後退五十步，助跑過來後用腳把門踹開！

皇上掉進廁所裡了，正在下面撲騰著——噁。

將軍對我說：趕快伸手去撈！

我：手夠不著——

將軍：那怎麼辦？我們不能見屎不救！

我大聲喊道：皇上——你要勇敢一點，不要怕屎！

皇上嘰哩咕嚕地，沒有回答。

我靈機一動，叫將軍把腳伸下去，這才把康熙從屎裡救出來。

將軍連忙去花園裡提了水過來，往康熙身上潑。康熙躺在地上罵道：你ＸＸＸ的以後不准在我出恭的時候報告！

將軍笑道：是是！

康熙目光呆滯道：九屎一生啊，屎裡逃生啊！

我高興道：鼇拜真的被抓了？

將軍：當然，如假包換。咱們撤兵後，鼇拜一家就回來了，走到鼇府原來的地方，他竟然不敢相信自己的眼睛。眼前一片白茫茫的——自己的豪宅在一夜之間居然消失了！鼇拜對他家人說，我們遇上外星人了，把我們家洗劫一空，連牆壁框架都洗白了！他立刻就暈倒在地。後來家人把他送到皇家太醫院急救，咱們在他掛號排隊的時候，輕鬆地把他抓了！

一生中要流放的十個地方

幾天的爭鬥，搞得我的頭好暈。不過好的是，沒人逼我跑路，也沒有要砍我的頭。陸續傳來的消息都是鼇拜的黨羽被抓的消息。這樣也好，免得我三心二意地當中間人。

儘管康熙現在更加意氣風發了，但在朝廷上，他還是喜歡徵求我的意見。

今天上朝，大家開始討論如何處理鼇拜團夥。

大臣索額圖上奏道：鼇拜一夥居心叵測，妄想篡權奪位，渾水摸魚，但終因機關算盡，其險惡陰謀被皇上一舉粉碎。臣以爲可以把他們流放到西伯利亞！

康熙遲疑道：……這個，不好罷。西伯利亞怎麼也是別國領土……

索額圖：如果皇上覺得不好，那就把他們流放到黑龍江罷！

康熙：黑龍江是好地方啊，物產豐富——是不是太便宜他們了？

索額圖：那就流放到金陵如何呢？

康熙：金陵六朝古都，歷來是娛樂業發達之地，只怕——起不到教育改造的作用！

我上來道：你那叫流放嗎——明明就是釋放。我看不如再徵求一下他本人的意見吧！

康熙點頭接著又狡詐地笑了：也好！那你讓他自己選擇最想去的十個地方——咱們偏不讓他去，哈哈！

索額圖：……

歡迎來到開心監獄

鼇拜坐在監牢裡，委頓得幾乎不成人形。我叫了兩個獄卒把他架起來，放到凳子

上，然後開始問話：哥兒們，還記得我小寶嗎？

鼇拜無力地點頭。

我慢慢地問：這兩天身體怎麼樣？你的失眠犯沒犯？喂，你好嗎？孝敬爸媽的補品給了沒有？感冒了嗎？白天白吃沒有？黑夜黑吃沒有？牙好，胃口好不好？洗頭的時候發現頭皮屑沒有？一定要用飄肉啊！

鼇拜感激地望了我一眼：你說的一切我都犯了。不過這都不重要，重要的是——哎，我這個人已經不重要了！隨便你們怎麼著吧。

我說：大清國這麼多的候選人，爲什麼康熙就唯一把你選進來了，你想過原因沒有？——這是你自己努力的結果啊！在這麼多人裡脫穎而出，需要多高的智慧和勇氣啊！準備好了沒有？

鼇拜點頭。

我正色道：現在開始，你要爲你的家人和你自己爭取到幸福！歡迎你來到開心監獄！

鼇拜恍然大悟：哦，這個監獄原來叫開心監獄。

我說：第一題——用流放來懲罰人的國家是哪個？一，俄國。二，美國。

鼇拜毫不遲疑道：我選一，俄國。

我不動聲色道：恭喜你，答對了！請聽第二題——流放的人能不能使用任何交通工具？一，可以。二，不能。

鼇拜同樣快速地回答：選二，不能。然後他又補充了一句：那流放的人不就回來了嗎？弱智！

我一伸手：正確！第三題——流放的人會在身體的什麼部位刻字？一，肚臍眼。二，手臂。三，額頭。

鼇拜喃喃自語道：以前看《水滸傳》，說林沖在發配的時候在額頭刻字，但不知道發配算不算流放呢？沒有這方面的經驗啊！算了，我選三吧，額頭！

我閃動著秋波，道：你肯定嗎？

鼇拜又搖頭：好像是在臉上吧？搞不清楚啊……

我再次提醒道：答對前三題，就可以實現你第一個監獄夢想了——

鼇拜肯定道：就選三，額頭！額頭也是臉的一部分吧。

我點頭道：正確！你的第一個監獄夢想是一床踏花被！請聽第四題，我大清國的流放制度是誰創立的？一，努爾哈赤。二，順治皇帝。三，陳圓圓。

鼇拜落網

鼇拜皺眉：不知道！我請求主持人去掉一個荒謬的答案！

……

我說：去掉陳圓圓，你選誰？

鼇拜：那就一吧，努爾哈赤。

我：靠，這個你也能答對！好，下一題。流放時犯人可以攜帶的東西是？一，隨身聽。二，筆記本豬腦。三，《文化哭旅》。

鼇拜想了想，道：就帶書吧。帶隨身聽又沒電，帶筆記本豬腦又不能上網。選三。

我：是嗎？

鼇拜：甭跟我來這套，每次我選對的時候，你就要懷疑我——就三了！

我：恭喜恭喜！下一題，流放犯人在流放途中可以享受哪些待遇？一，免費洗腳。二，免費按摩。三，免費卡拉ＯＫ。四，三星級賓館標準間。

鼇拜：我靠，我當官的時候就沒見過錢是什麼樣的——我怎麼知道流放的時候還可以享受？

我提示道：需要求助現場的犯人嗎？

鼇拜茫然道：那只有請他們來幫忙了！

我轉頭過去喊：周圍免費聽的犯人注意了，你們的選擇關係到鼇拜的監獄夢想，請幫他作出選擇！

犯人們都齊聲吼道：洗腳！洗腳！……

鼇拜：那我就選一，免費洗腳。我想流放要走那麼遠的路，保護好自己的腳是很重要的。

——又答對了。

我點頭：你又實現了第二個監獄夢想——一副新手銬。你準備把這個禮物送給誰？是大老婆、小妾，還是偷不著的某一位？

鼇拜狠狠道：平時我大老婆對我無惡不作，就送給她吧！

我：你還真會體貼家人呢！聽下面一題。有個流放的犯人在途中就跑了，他最有可能在什麼時候逃跑？一，上廁所時跑。二，吃宵夜的時候。三，喝早茶的時候。四，上網發郵件的時候。

鼇拜：選一吧。大多數電影演的都是上廁所的時候跑。

我點頭又搖頭：你他媽的太讓人敬佩了——知識面又豐富，邏輯推理能力又強，簡直是開心監獄裡最優秀的流放犯之一啊！請聽題，到達流放地的時候，看守會對犯人說

鼇拜落網

什麼話？一，拜拜。二，到啦。三，去死吧。四，SHIT。五，到底在流放誰啊。

鼇拜哈哈大笑起來：當然是五啦。憑我的直覺，看守都會說這種話的！我老婆不讓我晚上出門，每天晚上看著我，就會這樣說——到底是誰在看守啊？

我無奈道：這個也被你猜到啦——沒有天理啊！最後一道題，如果讓你自己選流放地，你會選擇以下哪個地方？一，吐魯番。二，黑龍江。三，西雙版納。四，張家界。五，浦東。六，海南島。七，九寨溝。八，香格里拉。九，好萊塢。十，西西里島。

鼇拜這下徹底被擊垮了：這麼多選擇，你想用泛濫的資訊灌水來淹死我啊！我一個都不選。要我自己做主，我就去天府之國四川。

我跳到凳子上，叫道：哇——答案不在裡面你都知道，真是強人！恭喜你闖關成功，你實現了全部的監獄夢想。一床踏花被，一副新手銬，外加最新生物科技產品——狗屁膏藥全套護理用品。這套護理用品是咱們開心監獄的指定傷痛護理用品，專門護理各種手銬傷、蠟燭燙傷、皮鞭抽傷、凌遲的刀傷、腰斬後的皮下出血、炮烙之刑的灼傷、剝皮後的硬傷，簡直就是十全大補啊！

此時，星球大戰的音樂響起，鮮花從各個牢籠裡飛出來，砸在我的身上，彩帶也在空中飛舞……

我對周圍的犯人一一鞠躬：感謝你們來到開心監獄現場。今天的審問到此結束。如果你有什麼意見和建議，請發簡訊到開心監獄。你還可以登陸我們開心監獄的網站，三打不溜點開心監獄點康母。

把他流放到天府之國

鼇拜被流放到四川去了，帶著一家老小。

臨走的時候，康熙考慮到大家也是曾經的同事，還是和我一起去城門口爲鼇拜送行。

康熙拉著鼇拜的手，淚水緩緩滴落下來：把你流放到那麼遠的地方，實在是對不住你啊！只是你先對不起我，咱們大家就扯平了！那邊的條件艱苦啊——吃的東西那麼麻辣燙，是人都受不了，嘖嘖！不過那邊美女多，你可是更要保重身體，那麼大一把年紀了，經不起幾下折騰了，要注意姿勢，要注意補鈣——我心緒已亂，沒有更多的語言了，保重！

鼇拜落網

我對鼇拜道：老哥兒們，你的親筆簽名我還留著。等以後行情上去了我再拿出來賣——現在明星市場不景氣，偶像派的都在垮價，更別說你這種長得像海龜的海龜派了。

鼇拜一拱手：送犯人千里，終有一別！二位到此剎車，請回吧！沒有你們的日子裡，我會更加珍惜自己。沒有我的歲月裡，你要保重龍體！

我走了，正如我輕輕地來。我揮一揮手銬，不帶走一絲雲彩！

一夕致富

古人云：春風得意馬蹄疾啊！急什麼急，古人真是急性子！

我終於攜款出了皇宮，離開京城。

現在，我就悠然自得地坐在自己的私家車上，任由馬兒慢慢地走。在車廂裡，綠玉餵我紅茶，紅玉餵我紅酒，有錢有車有美女，我還急那我就是變態。

前面的道路通向哪裡並不重要，甚至前面有沒有路也不重要，重要的是我在走著，走到哪兒，就是哪兒。

資產重組

康熙坐穩了皇位，便下令對鼇拜曾經有的資產進行重組。一清查下來，鼇拜居然斂聚了上千萬的資產，可謂富可敵國。

花園裡，康熙對我道：現在鼇拜的資產已經清查出來，這筆鉅款咱們要好好利用起來。我都想好了，存在銀行裡，沒有幾個利息。萬一碰上金融風波，還要貶值，咱們要用錢生錢，生了又生，生了又生，子子孫孫無窮盡也！

我嘴裡咬著梅花，思索道：不如皇上讓我來當這筆銀子的管家。雖然我的武功低，但我的人際關係廣。雖然我沒文化，但我的臉皮夠厚。說穿了，就是一個賤。你別小看了，這是我家的家傳功夫。傳子不傳女，傳長不傳幼的！

康熙：能把這些話說出來，夠賤！

我說：給我一個支點，我就可以翹起來。給我一個馬子，我就可以動起來。給我一筆銀子，我就可以運作起來。

一夕致富

康熙點頭：那你就試試吧。反正其他事你也做不來。

我說：我只有一個要求——全部換成現銀，十年之內不要干涉我的經營，再把綠玉紅玉賞給我。以前你答應賞我麗春院什麼的就算了。

康熙：……這，是一個要求嗎？

我：這是一個系統性要求。

康熙終於點了他那高貴的鳥頭。

——我簡直不敢相信自己的耳朵，這鳥皇帝，就這麼把錢給我了！

古人才是急性子

古人云：春風得意馬蹄疾啊！急什麼急，古人真是急性子！

我終於攜款出了皇宮，離開京城。

現在，我就悠然自得地坐在自己的私家車上，任由馬兒慢慢地走。在車廂裡，綠玉餵我紅茶，紅玉餵我紅酒，有錢有車有美女，我還急那我就是變態。

前面的道路通向哪裡並不重要，甚至前面有沒有路也不重要，重要的是我在走著，走到哪兒，就是哪兒。

我有了

綠玉早晨一起來，就穿戴整齊坐在我身邊。等我一睜眼，綠玉說：公子，我有了！

——我考靠拷！怎麼女人說話都是這種方式?!難道不能預告一下，比如說：公子你最近辛苦，但我更辛苦，照這樣下去，在未來的某一天早晨，我會跟你說我可能有了——你的孩子。簡直讓我一點準備都沒有。

我說：有了難道就應該驕傲嗎?人家紅玉還沒有呢?

綠玉：……

紅玉臉一下就紅了：我和公子還沒有呢——每天晚上都是你們在裡面房間折騰，折騰得我靠冰塊冷敷才能入睡！

綠玉扭捏道：我有了，公子就不想說點什麼負責的話嗎？

我：要我負責的話——這事兒得去查查基因……

綠玉狂叫著抱著枕頭就向我撲過來，一付要和我同歸於盡的模樣。紅玉和我連忙接住她。綠玉抱著紅玉大哭，我也抱住紅玉默默無語。綠玉淚眼婆娑地看著我道：小寶，抱錯人了吧！

我連忙轉身抱住綠玉。

綠玉：承認了吧——公子！

紅玉也道：女人對這種事是很敏感的，你要相信綠玉的直覺，是你的，沒錯！

綠玉瞪了紅玉一眼：直覺？還需要直覺？

我：……

一個古鎮叫棋牌

我們到了一個叫棋牌的小鎮，小鎮的街道如棋盤一般，每家的大門都像撲克一樣。

下了車，我和兩個美女在街上逛了逛，發現這個地方的人都不愛逛街。我決定深入地查探一番，我敲了一家梅花J，開門的是個彎著腰的老頭。

老頭：什麼事？

我：這裡怎麼那麼清淨，大家都幹什麼去了？

老頭：請跟我來。

我們小心地走進大門，裡面是一條長長的通道，一直延伸到看不見的地方。到更暗的地方時，老頭拿出火石點了油燈，帶我們繼續往前。到了一扇石門處，老頭敲了四下門上的銅環。

吱呀一聲，石門洞開。裡面一個老太婆開了門，又是一條更黑更長的通道。

綠玉害怕道：公子，怎麼回事啊，咱們不進去了！

我拍拍她的肩膀，安慰她：沒事沒事！

紅玉也害怕道：公子，要不我先出去看看，萬一有什麼情況，我好在外面接應你們！

老頭和老太婆很不滿地看了紅玉一眼。

我說：你一個女孩子出去我不放心，還是我出去吧，我接應起來快一點。

綠玉：最應該出去的是我啊——要說接應的話，我的嗓門最大，一叫起來就是

一夕致富

HIGH-C，那是玻璃都要震破的！

老頭：……

正在爭執的時候，裡面鑽出來一個男子，相貌還十分地英俊，身著一身潔白的長衣，在暗黑的通道裡也顯得那麼光彩奪目。

那男子道：既來之，則安之。大家可以進去看看，我是這裡的主人，你們叫我花無缺就行了。我保證——會讓你們自願進出！

英俊就是老大啊！我看綠玉紅玉的眼神都不對了，瞳孔還有點放大——不知道是不是和這鬼人有關?!

花無缺帶著我們繼續往前，下了樓梯，轉過幾道彎，再往上。突然一個出口露了出來，鑽出來一看，眼前居然是一個寬廣的大廳，大廳佈滿了各種各樣的賭博台，有打撲克的，有打麻將的，還有打牌九的，最多的是老虎機。好幾百人都在裡面賭博，熙熙攘攘，真熱鬧！

花無缺看著我們笑道：是的——我們這裡就是大賭場。願賭服輸，來去自由。你們自己去看看吧！要參加的話，到總台去換籌碼！

說完，他走到一邊去了。

綠玉紅玉央求地看著我，我摸了張一千兩的大銀票出來，到總台全部換成了籌碼。總台的服務小姐微笑著接過我的銀票，換成了花花綠綠的一堆籌碼。

我問：你們這裡叫什麼賭場？

小姐：叫地下賭場。

我：那平時你們生意都是這麼好嗎？

小姐：平時……一般啦，這段時間特別好。

我：你叫什麼名字呢？我覺得你長得很像我的一個同學，我那個同學叫蘋果，和我分開已經很久了。順便問一聲，你叫什麼？

小姐：怎麼還是老套啊！如果你的同學叫蘋果，那你就叫我葡萄吧。拿到籌碼了，還不去？

我：再跟你聊一會兒吧。葡萄，你什麼時候下班呢？

葡萄警惕道：幹什麼？

我：請你吃飯啊。

花無缺從前面過來，笑道：換了籌碼，還不去——到總台泡妞，這也是你的特長嗎？

一夕致富

綠玉紅玉也一起過來了。我對葡萄道：那待會兒再來找你！記住，我叫小寶。我們現在最近的距離是十二釐米，今天是康熙三年十月二十三日下午申時。我們聊了有半柱香，所以我和你永遠都是半柱香的朋友。這一點，我們都沒法改變！

葡萄張著嘴：——你！

花無缺大笑，拉著我向賭台走去。葡萄在後面喊：小——寶，小心點！

——還真關心我來了！有戲。

給了綠玉紅玉一把籌碼，我看見最近的一張台子在打同花順，就坐了上去。我左邊的是個商人，右邊是個妖豔的女人，對面是個滿臉鬍子的傢伙。莊家一發牌，三張牌我就拿到了一對八。

該我說：二十兩！大家都跟。

莊家又發牌，又來了一對二。

我說：二百兩。

鬍子和女人不跟了，商人面上是四張紅桃，便叫道：我同花，二百兩跟，外加五百兩！

氣我啊？！

韋小寶日記

看這商人一臉鎮靜的樣子，他的底牌難道真的是紅桃？賭王介紹的經驗是：偷雞的人一般都有些小動作，比如摸摸戒指啊，掏掏鼻屎啊，擦眼睛啊，還有就是——他點了一隻煙，但看起來好像不會抽？只是吸進去後一口口吐出來！

——偷雞！

我說：我跟你五百兩，看牌！

他的底牌是黑桃——被我逮到啦！

莊家又開始發下一輪，三張裡我先翻了A、K，還是我大，我押五十兩！

大家都跟。

再發一張，我拿到了Q。商人的是三張九，妖豔女人拿的是一對十，大鬍子拿的全部是方片。

形式很複雜啊！

綠玉紅玉都過來了：小寶，我們輸完了！還有沒有籌碼——沒有咱們就走啦！

我說：我正在關鍵時刻呢——你們不要干擾我，給我拿杯酒過來！現在大家都拚上了，一家是三張，一家可能是兩對，一家是同花，我是順子！

花無缺也過來，他不動聲色地挨著看各家的牌，然後看我。他的眼神中有點意味深

一夕致富

長的感覺，像那總台的葡萄小姐。

酒拿來了，我一張嘴就把一大杯喝下去了。

我說：八百兩！

大家全部都跟——瘋啦！

我又拿到一張J，妖豔女人拿到了十，大鬍子也拿到了方片，商人拿到八。還是該我說。

我：綠玉，再拿杯酒，另外來十串燒烤牛肉。再拿點水果拼盤和一個巨無霸過來，記得打碗白米飯，還有泡菜哦！

……

我慢慢地咀嚼著一桌子的東西，思考著：大家都沒有退卻，看來確實是有實力的！那女人是三個十，能贏她，但她會不會是四個十呢？那大鬍子全是方片，而且心跳得很厲害，周圍的人都能聽見，看來可能是偷雞，萬一他是同花呢，肯定能贏我?!商人是三個九和一個八，他現在又不吸煙了，會不會還有一對八呢？

……

把漢堡包吃完了，我再拿起酒杯，悠悠地抿著，一絲絲的苦澀味在嘴裡打轉。商人

韋小寶日記

開始發簡訊了，女人磨皮擦癢地在補妝，大鬍子用剪刀在鉸鬍子——靠，鉸了怎麼還是大鬍子呢？

……

我一口喝下酒，眾人一下都坐直了，等我說話。

我說：再，來杯酒！

眾人一起叫道：切，有完沒完，我們已經忍無可忍了！

我焦躁地搓著手，大家都偷雞的情況下，我就贏了。但這種可能性有多大呢？不，爲了這種可能性，我也要賭一把！

我說：五百兩！

眾人跟。

開牌——哈哈，果然不出我所料——全部都在偷雞！只有我是順子。

這一下我就掙了四千八百兩銀子，不——籌碼。

商人把手機摔了，女人把化妝鏡摔了，大鬍子一剪刀擦傷了臉，花無缺已經不見了。

綠玉紅玉高興地拉著我去總台，葡萄怎麼不在了？

一夕致富

一個小姐幫我換了籌碼，然後又遞給我一張單子，是剛才吃的東西：

兩杯路易十三——一千九百兩一杯，三千八百兩銀子。

燒烤牛肉——二十兩一串，二百兩。

水果拼盤——五百兩。

巨無霸漢堡包——三百兩。

白米飯一碗——五十兩。

泡菜一碟——五十兩。

共計——四千九百兩。

我昏了！

我狂叫道：無法無天了——兩杯酒要收我三千八百兩！

商人站在我旁邊道：我們這裡的賭王都不敢在這裡叫東西吃，看著你吃得那麼香，我們實在是不好勸你啊——我以爲你是王中王。

妖豔女人也過來了：以前我叫過一個冰淇淋，你猜多少——五千九百九十九兩！

韋小寶日記

那大鬍子道：吃的貴算什麼啊，他們這裡的廁所才貴，上次我去，身上沒零錢了，只有一張千兩銀子的大鈔，還叫我塞進去呢！

我看著綠玉紅玉的臉色，實在無法形容。

──那葡萄剛才提醒我，我怎麼就不注意呢？我還是最大的贏家，怎麼就落得這樣的下場？

我對小姐道：──能不能打個折？

旁邊五六個保安圍了過來，我趕緊買單走人。

還好，沒傷元氣──這花無缺，再讓我看見非踢死你不可！

國家級風景區──豬頭山

早晨從搖晃晃的車裡醒來，看著旁邊熟睡的綠玉和紅玉，真是充滿幸福感啊！前面有些吵鬧的聲音。我從天窗伸出腦袋看去：哇，好大一座山。

路邊有個牌子，寫著「國家級風景區──豬頭山」。前面有一大幫人在門口爭吵，

一夕致富

不知道是在幹什麼？

我連忙把綠玉紅玉叫醒：起來起來，看豬頭——山！

她們齊齊地睜開了眼，叫：豬——啊！

正在這時，周圍突然湧出來了一群人，都七嘴八舌地叫道：客官，要看豬頭山的風景，找我給你帶路！

有的喊：今年上山要帶路，帶路只收二兩錢！

有的喊：讓我們帶得更好！

還有的喊：更快，更多，更安心！

最後一個書童模樣的慢慢地說道：加量不加價！

——這個好像還不錯。

等車夫把車停好，我們便一起下來，我喊書童道：帶我們上去！

書童：我不是說加量不加價嗎，我只賣豆漿不帶路，你們一人來一碗嗎？

我：……

前方一個熟悉的身影晃了一晃，又消失在人群中，我連忙追上去。這傢伙是誰？正在張望時，一個人拍我的肩膀道：兄弟——要帶路上山嗎？我還可以給你解說，只要一兩銀子。

轉過身一看，我高興地大叫：茅十八，果然是你！

茅十八抓住我：小寶兄弟，真的是你啊？怎麼到這個夾屁溝裡來了呢？

我：我正在休閒旅遊啊！你最近忙不忙？——怎麼在這裡帶路啊？

茅十八：自從京城一別後，我是愈來愈閒了。後來出ＲＡＰ唱片，唱片製作得很好，只是聽的人都要慢慢睡著。唱片公司開發表會的時候，放我的唱片，結果把記者們全部搞睡著了，有記者的照相機丟了，有記者的貞操丟了，有的記者一睡不起，被報社扣了工資。他們都怨我，就把我給封殺了。不過還好，一家保健藥品公司又找到我們，要求代理我的唱片，說換個包裝就可以賣出去。他們就把我的唱片搭配著安眠藥賣，賣得可火了。可惜好景不長，工商局的來搞檢查，立刻發現我們唱片公司沒有經營保健品的許可證，就沒收了全部唱片和全部資金。本來想給你留一張的——現在也沒有啦！

我：沒關係——真是九生一死啊！

茅十八：爲了生活，我在京城裡就開始陪人聊天，用ＲＡＰ的風格。後來很多失眠的人找我，他們都誇我是——失眠專家！還送給我了錦旗。不過後來治安主任找我，說最近一段時間經常有人丟東西，而且懷疑是被人催眠了。他們竟然懷疑我！沒辦法，我

只有出來避風頭。就到這豬頭山來搞RA式的導遊了！

——導遊也要RAP?!真服了你！

我安慰道：那咱們兄弟相聚了，就別說那麼多了——跟我一起休閒吧！反正我有的是銀子。

我又拉著綠玉紅玉道：這是我的兩個老婆——綠玉，紅玉！你們認識認識。

綠玉跳起來：誰是你老婆——一個不負責的男人！

紅玉跳得更高：晚上占不了便宜，想趁白天啊?!

茅十八尷尬道：兄弟，你一定受了不少的苦吧！

不管怎樣，我們高興地一起上山了。

日出豬頭紅勝火

今天，綠玉又悄悄對我道：公子，我沒有了！

我糊塗了：什麼沒有？

綠玉：沒有就是沒有，有就是有。

我更糊塗：……

綠玉：前幾天我說有了，經過這兩天的證明，其實是沒有的。就這麼回事！

說完，跟紅玉出去採果子去了。

茅十八過來道：今天咱們再住一天，明天一早，我帶你參觀豬頭山最美的風景——日出豬頭紅似火！

我：似曾相識的感覺啊！——哎，什麼叫日出豬頭？

茅十八：明天再給你講解。

「日出豬頭紅勝火」的來歷

天還未亮，茅十八便跑過來叫我看風景。我趕快穿好衣服，悄悄下床。出門就是一陣陰風刮來，冷得我直打哆嗦。茅十八道：要想看最好的風景，就得早起。

此時，天上的月亮還很大。我們就著月光繼續往上攀登，陸續有人跟在我們後面，

一夕致富

看來都是看日出的。

日出真的那麼好看嗎？我懷疑。

坐在山頂上，冷風一陣陣灌來，周圍的人也忍受著，大家都蜷縮成一團，坐在地上。

茅十八道：這豬頭山看日出，也是有來歷的。

我：講來聽聽。

茅十八：傳說很早很早以前，有頭可愛的豬住在這山裡，快樂地哼哼著。請注意，這是頭野豬。不知什麼時候起，山裡來了個獵人，就一直住了下來。獵人經常進山打獵，但從來就沒有打過稍微大一點的動物，他只是安陷阱抓一些野兔，野雞的。因爲這個獵人的狩獵技術很差，野豬一點都沒有把他放在眼裡。

一天，獵人空著手回家了，什麼都沒有抓到。正巧野豬從獵人門前過，便嘲笑獵人的無能。獵人一聽就來氣了——我再怎麼無能我也是獵人啊！於是抓起手裡的獵槍瞄準了野豬。野豬便往山頂跑去，獵人提著獵槍在後面追牠。他們就在山上追逐起來。但野豬畢竟是野豬，很快就甩開了獵人。獵人坐在山腰上，沮喪得想用獵槍自殺。這是打獵這一行的規矩——如果連你的獵物都要嘲笑你，那你就離自殺不遠了！

韋小寶日記

周圍看日出的旅遊者又漸漸地圍了過來，有人問：獵人自殺沒有呢？

茅十八道：獵人慢慢地舉起了獵槍，倒轉著槍口，對著自己……

我：又一個血淋淋的神話故事！

茅十八：正在這個時候，太陽出來了——一絲陽光冒出了厚厚的雲層，向箭一樣射向四周。獵人一驚，便扣動了扳機——

我和眾人都蒙住了眼睛。

茅十八：只聽得「砰」的一聲巨響，獵槍開火了。一聲慘叫傳來，獵人睜開眼一看——自己還活著的。而背後卻是那野豬在慘叫——原來獵人自殺時還是沒有瞄準，卻把背後偷看他的野豬打死了。

眾人都鬆了口氣：耶！

茅十八：結果那獵人羞愧地走了，再也不打獵。而那死掉的野豬便化成了這豬頭山的山頂。所以也就有了「日出豬頭紅似火」的來歷！

此時，太陽頓時從雲層裡冒了出來，金光四射，照在豬頭一樣的山頂上。

真是好風景啊！

一夕致富

連送盒飯的都要蒙面裝黑社會

我們繼續南下。不知爲什麼，我隱隱覺得有人在跟蹤我們。但每次往後面張望時，卻沒有任何人。

今天，我們便來到一個湖畔。下了車，看著浩瀚的湖面在蕩漾，湖的中央有一大片的蘆葦，也在隨風飄蕩。我們幾人都歡快地叫了起來，一齊衝到湖邊去，綠玉紅玉把褲腳挽起來，直接踩到了湖水中。茅十八和我換上游泳裝，跳下水去游泳。

水溫剛好，我們游了一會兒，就聽見前面的蘆葦叢裡有動靜。

茅十八：咱們游過去看看！

我：不會有問題吧？

我們悄悄地向蘆葦叢游了過去，到了邊上，才發現這裡原來是一個湖中的小島。蘆葦叢裡果然有動靜，是兩個人在說話。

一個沙啞的嗓子道：快要送來了吧？等了這麼久還不來！

一個女人道：快來了，老闆叫我們等，我們就等罷！

韋小寶日記

——什麼生意這麼神祕呢？我想到了毒品、走私、槍支，還有盜版ＤＶＤ……幾隻小蟲從我腿上爬了過來，癢舒舒的。茅十八倒是很鎮靜，一動不動地望著我，眨眼——眨眼，幹什麼？

我小聲道：嘿，你眨眼幹什麼，老子又不是女人？

茅十八還是一動不動地眨眼，又往下望了一下。

我順著目光看下去——蛇啊！難怪他不動呢！

一條像領帶樣的蛇正盤在茅十八的腳上，還長著代表浪漫的藍色小點，正在歡快地吐著信子呢！

我也不敢動了。

茅十八小聲：引開牠！

我：——拿什麼引？

茅十八：你自己啊！

我：——我覺得你要做好捨身取義救兄弟的準備！

——這是兄弟間說的話嗎？更何況咱們還不是一般兄弟，還是喝過酒燒過香的患難兄弟！

還好，正在這時，前面一陣突突的聲音傳來，好像是小汽船的聲音。那蛇聽見響動，便向前方游了過去。

我們終於大喘了一口氣。

汽船靠在了蘆葦叢邊，透過蘆葦，我看見船上又跳下兩個蒙面的傢伙，一人扛著一個大箱子下來。剛才說話的兩人道：放在這裡——你們回去吧！

蒙面的兩個傢伙遲疑道：交給你們倆我們不放心，咱們還是一起直接交給老闆吧！

那兩個人對視了一下，便道：好吧！既然不放心我們，你們就自己拎箱子。

四個人從蘆葦叢中的小道往前走了。

茅十八拉了一下我的衣袖：怎麼辦？

我說：當然跟著他們啊！咱們也把臉蒙起來。

茅十八驚訝道：這你也想得出來——不愧是我兄弟啊，我早就這麼想了！

——你才不愧是我兄弟呢，早就這麼想了！剽竊算不算犯罪呢——靠。

我們埋著頭，順著他們走的小路往蘆葦叢深處走去。

原來這個小島很大，遠處看不覺得，進來了才發現裡面簡直可以迷路耶！幸好有路。走了半個時辰，前面突然出現了一道木門，木門兩邊有守衛。

韋小寶日記

我們剛剛準備掉頭，兩個守衛大聲喝道：誰？幹什麼？

我連忙直起腰，過去道：我們跟前面是一起的，送貨的。

守衛懷疑地看著我們倆，上下打量了幾次，才把大門打開。

我們一進去，正好看見那兩個蒙面的傢伙出來。我們四個人互相打量著……

那兩個蒙面的傢伙暗自嘀咕道：又來了兩個——奇怪啊！

我小聲道：准你們來，就不准我們來！

他們不屑地看了我們一眼：你們哪兒的？

我遲疑道：——老關係了！你們呢？

他們說：——我們是K字頭的。你們是哪個字頭的？

旁邊有人開始注意我們四人了，這個時候不能出錯啊——K字頭的，看來這個祕密組織是用字母來代替。

我急中生智道：我們是D字頭的。

兩個蒙面人對望了一眼，點頭道：幸會幸會，後會有期！說完便走了。

我渾身的汗都流下來了。

再往裡面走，是一排排的房間，房間的盡頭，是個大廳，剛才那兩個蒙面的傢伙就

一夕致富

是從大廳裡出來的。我們倆躡手躡腳地往大廳走去，一推開大廳門——嘩，裡面竟然有上百個人在一起，全部轉過身來看著我們。我們像掉進了幾百條蛇的巢穴裡，一動不動地待在原地了！

人群中一個打著領帶（領帶?!）的傢伙惡狠狠地瞪著我和茅十八，喝道：——盒飯已經送了，錢也給了，還進來！

——盒飯！我倒！

……

回來的路上，我問茅十八：到底是誰先說要蒙面的？

茅十八：當然是你啦！

我忿忿不平道：媽的，這是什麼世道啊——送盒飯的都要蒙面！送機票的是不是要穿防毒面具呢？

茅十八：世風日下啊！

我悠悠道：但我覺得還是有什麼……不對勁！

茅十八：什麼？

我大叫道：想起來了——剛才爬在我身上的是螞蝗啊！

韋小寶日記

等咱有了錢

今日小雨。從崎嶇的小路出來，我們上了高速官道，收費的和免費的確實不一樣啊！官道筆直地伸展出去，一邊都是三個車道，可以並行三套車。

綠玉和紅玉一人拿根針，幫我挑螞蝗。

官道上果然十分繁忙，各式各樣的私車公車旅遊車絡繹不絕。儘管螞蝗纏身，我還是十分高興，唱起了「農村的路帶我回家」。

綠玉拿著針：公子，這就是螞蝗了！

我看了一眼：撈撈撈，你怎麼又把血管挑出來了！

綠玉又埋頭幹活去了。

……

一輛豪華房車超上來了，馬夫不停地在左邊晃著轉彎燈——要超車！

我對馬夫道：靠邊一點，讓他超！

一夕致富

我們的車慢慢地靠右了。

那輛馬車一溜煙地超了上來，噴著尾氣跑到了我們前頭。

——哇，還是西風牌的加長型。

……

又一輛騾車在後面晃左轉彎燈——也要超車！

靠——把我們當什麼啦？騾車也要超我們?!

我對馬夫道：靠左邊一點，把他擋住！

那騾車一溜煙從右邊超過去了。

——啊，是笨馳牌的農用車。

我對大家道：等咱有了錢，開房車抱美女，想開房車開房車，想抱美女抱美女。房車一次買兩輛，一輛拿來超車，一輛拿來被別人超！

眾人道：你現在不是有錢嗎？

我：——對啊，怎麼心態還沒有富起來呢！

賤客排行榜

我賤嗎？我夠賤嗎？我能比別人都賤嗎？我能賤出自己的特色嗎？

這些問題，我還真的是第一次認真地考慮。

我到書店裡找學習書。現在的文化產業真是豐富啊，琳琅滿目的全是相關的書籍。有《生命不能承受之賤》，有《向左賤，向右賤》，有《如何在三十歲前快速發賤》，還有《拿什麼拯救你我的賤人》……

而在旁邊的影碟櫃上，一樣地擺滿了相關的工具電影。有《賤客帝國》，有《魔鬼發賤者》，有《賤雄》，還有《天地賤雄》，有《王牌大賤諜》，有《我的野蠻賤人》、《無賤道》……我連忙一口氣買下了很多資料。

我要買房車

今天，我們終於找個出口下了官道，立刻找到最近的一家車行。

一個穿制服的銷售人員迎上來，各位公子小姐大爺，是要選車嗎？我們這裡有各種類型的車，馬車牛車騾車，還有雞公車，不知道公子想買什麼樣的？

我點頭：我要最大最好最豪華的車，你們這裡有嗎？

銷售員一下子滿臉堆笑：有有有。請公子到後面的ＶＩＰ展場裡，那一定有你們想要的車！

果然，展場裡很大，裡面擺滿了花花綠綠的車。有的車足足有三間房那麼大，裡面有臥室、客廳、廚房、廁所，還有一個小花園，一開出來，簡直就是真正的房車，而且還是樣板房車。有的車足足有一堵牆那麼寬，在裡面可以開個流動電影院，而且還可以外帶遊戲廳，我估計那車根本開不出來——但它又是怎麼開進去的呢？還有的車足足有四層樓那麼高，還有觀光電梯的，也不知設計這車的人腦子是進水了還是漏水了——一

過隧道就少一層，再一過立交橋又少一層，最後進停車場還要削掉一層！

……

走到展場的中央，我終於看見我夢寐以求的車了：加長加寬加厚型的豪華花園房車。一走到車的正面，就看見噴水池在歡快地噴著水，四周有八隻青蛙張著嘴接水。

銷售員介紹道：這是最新的防震裝置，是根據地動儀的原理來設計的，只要地面有不平的時候，你看哪隻青蛙嘴裡的水多，就能判斷出哪邊更傾斜。

車的側面是一排窗戶，全是西班牙風格的。窗戶上面都種有漂亮的花，有的是芍藥花，有的是太陽花，有的是喇叭花，都是我喜歡的品種。而且每個窗戶上都有一個漂亮的主婦在澆水。走近一看，原來主婦都是塑膠做的。

銷售員介紹：這側面是各個臥室的窗戶，我們的設計保證了每個房間都是能見陽光的，絕對沒有黑房間。一個房間放一個美人——嘻嘻！

銷售員的表情很曖昧——我不喜歡。

車的大門在尾部，是一扇高大寬闊的自動鐵柵欄門，而且是巴洛克風格的，我簡直喜歡得要命。大門口還配置了一條德國狼狗，見人不叫——只咬！

銷售員：我們這款車最獨到的設計就在這裡——大門是自動感應的，從大門這個地

韋小寶日記

方還可以把小車開進去，停在裡面的花園裡。這樣，公子小姐大爺們的朋友都可以來玩，一邊玩，一邊開，你說爽不爽啊?!

——爽！

從車的巴洛克大門進去，就看見了一座露天游泳池，裡面裝的全是天然的雨水露水和霧水，水面還漂浮著樹葉、椰子、草根、衝浪板、游泳圈以及少許的游泳褲，一派熱帶風光。我想像車一顛簸起來，在車載游泳池裡玩衝浪是什麼感覺呢？

銷售員介紹道：這個游泳池又是我們這款車的獨特設計了——水用的是純天然無污染的自然水，經過了二十九層的泥土淨化，達到了婆羅洲八號的排放標準，絕對可以不怕嗆水——當然，這對游泳者的素質要求很高。得要求他們不能在裡面排放——不過公子們的朋友都是那麼高素質的，怎麼可能排放那些不乾淨的液體呢！

——素質高就不撒尿啊！

進了第一個大廳，裡面懸掛著高高的水晶吊燈。銷售員把燈打開，頓時眼前茫然一片……

銷售員：——啊，按錯開關了，這是舞台人造霧的開關。這個才是燈光！你看我們想得周到吧！

綠玉紅玉鬧著要先去看房間，我們就一起上樓。銷售員走到壁爐那裡，按下一個按鈕，道：咱們要坐電梯上去。

我靠——還有電梯啊！

銷售員：儘管是一樓一底的房車，但爲了公子小姐們的貴體，我們也設計了電梯。你們看，電梯就在壁爐裡——多麼節省空間！

茅十八：那豈不是很熱？

銷售員拍手道：問得好——冬天裡，電梯是很陰冷的。爲了公子小姐的貴體，咱們就利用壁爐的餘熱，誰的電梯裡有空調——我敢說連帝國大廈的電梯也沒有！但咱們有！再說一到了夏天，誰還生壁爐啊，那不是有病嗎？這樣電梯裡就能保持冬暖夏涼。而且如果公子小姐的仇人來了，就把他送進壁爐裡，只要不按上升鍵——就靜悄悄地把他人間蒸發了，你們說這設計優不優秀?!

——夠歹毒的！

上了樓，眼前又是一系列的房間，各個房間門上掛著不同的符號。有的是一朵花，有的是一灘牛糞，有的是一隻鳥，有的是一個桃子，有的是「ZZZZ」字，一看就知道是臥室。有的是兩把刀，有的是一門炮，還有個房間符號是一把黑色的哨子。

銷售員看我們很迷糊，便解釋道：這個房間是物業管理處！這麼大的地方，肯定得有專業的管理人員。

──還有物管啊！

推開一朵花的房間，只見裡面的床就是一個巨大的綠色毛毛蟲玩具，睡在上面一定很舒服吧！廁所裡的馬桶也是熊貓造型的玩具，張著嘴準備吃任何排放的東西……一灘牛糞的房間裡則是一張鋼板床，簡直是爲鐵人準備的。連廁所的馬桶都是炮彈殼造的，隨時準備轟掉你排放的傢伙……「ＺＺＺＺ」的主臥室裡，極盡奢華之能事：不但有一張圓形的床，而且有一整套的圓形沙發和茶几，屋裡鋪滿了長毛地毯，一直從廁所到陽台，從地面到房頂，真像進了毛紡廠……

銷售員指著床道：還要不要試試？

我揮手道：不用了──咱們再去看看發動機。

銷售員笑道：這才是行家啊──看房車的最關鍵就是要看發動機，其他地方再漂亮，如果速度提不起來，上坡拉不上去，下坡又剎不住車，那就一點不叫房車了！

茅十八：那叫什麼？

銷售員：那叫紡車！

——這個銷售員還算有幽默感！

下到大廳裡，銷售員打開一道後門，帶我們鑽進了地道。走了一溜石梯後，銷售員揭開了地面的一個蓋子，只聽下面有響動傳出來。

哇——下面全是千里馬！

銷售員驕傲道：這就是咱們房車的核心競爭力了——有一百匹馬力的動力。從零公里加速到一百公里，只需要兩天時間。你們看到旁邊的油箱沒有——一次可以加一千斤的草，加滿草可以跑五百公里。五百公里啊，什麼概念，就是從京城可以跑到皇帝看不到的地方！

——夠了夠了！

我問銷售員：這車多少銀子？

銷售員：標準配置是五萬九千九百九十九兩銀子，加天窗的配置是六萬九千九百九十九兩銀子，加中央音響是七萬九千九百九十九兩銀子。如果是貸款呢，首款需要付一萬兩銀子。我認識一個錢莊的哥們，辦貸款手續特別的快。如果一次性付款呢——不過基本上沒有這種凱子……

我問銷售員：我要兩架，一次性付款，現金。有沒有優惠？

——銷售員像定向爆破的煙囪一樣無聲地倒下去了！

飆車眞爽

錢眞是個好東西啊！

今天我們開上了新車，緩緩地從車行的牆洞裡駛出來——不拆牆的話，這輛大車是無法開出來的。

我們都坐在前面一輛，後面叫了個車夫開另外一輛，跟著。萬一車壞了，咱們還有備份可以用！

周圍有無數的人圍觀，大家都爭先恐後地在車身邊留影。

我只聽見車行老闆說：——這下咱們可以休息兩年了！

——賣車眞是暴利啊，差點就比我的利潤高了！

在高速官道上飆車，很爽。在高速官道上飆好車，更爽。在高速官道上飆花園房車，一邊飆，一邊游泳，更是爽得七上八下了！

我們在官道上走一路，後面就總是堵一路。他們不爲別的，就爲看我們的車，而且是兩架。

賤客花無缺

今天，剛一下收費站，就看見一個讓我氣不打一處來的身影——花無缺。

這傢伙居然伸著中指拇在路上向我們招手。停了車，他跳上來，頓時花容失色：你，你，你不是那誰誰誰？

我得意道：咱們這是叫冤家路窄呢，還是叫仇人相見呢？

花無缺道：我已經辭職了——自從上次沒有騙到你的銀子，老闆對我很不滿意，叫我下課。

我：你們還沒騙到我的銀子——我是大贏家還倒貼了一百多兩?!

花無缺：本來是要讓你輸得精光的，結果你運氣還好。我們只有在飲食上做文章，那叫堤內損失堤外補！

——壞啊！

我問道：那你準備上哪兒騙人呢？

花無缺：我要去報名參加「天下賤客」五百強的排位大賽。

綠玉紅玉：天下劍客？

花無缺：下賤的賤啊！你們還不知道吧——只有進入了天下最強的五百名賤客之內，才有資格出席在華山舉行的「華山論賤」。

茅十八：我早聽說了「天下賤客」排位賽。五百強又怎麼了？五百強就能比別人賤嗎？也許像我這樣的高手根本不想參加呢！

花無缺含蓄地笑道：這五百強賤客確實也沒有什麼了不起！但如果在新一屆的「華山論賤」中，眾多賤客關心的是一本叫《獨孤九賤》的古典祕笈……江湖中一直傳聞——有了這本祕笈，賤客的功夫一夜之間可上九天登月，可下地球鑽地核，可以說要風得雨，種瓜得豆，點石成金啊！

——《獨孤九賤》？

花無缺：所謂《獨孤九賤》，裡面記載了賤客修行的最高境界。江湖上賤客的功力共有九層水平。

賤客排行榜

一，天行賤，君子自強不息。

二，我賤故我在。

三，我愛發財，但我更愛發賤。

四，發賤就是力量。

五，絕對的賤客絕對會發賤。

六，生活不缺少賤，而是缺少發賤。

七，真金不怕火煉，強人不怕發賤。

八，有賤不發非禮也。

九，無賤勝發賤。

一般的賤客最多能達到三、四層的功力，但要再深一層，都會極耗時間和精力，而且再練下去，要冒天下之大不諱的風險——難啊！

……

韋小寶日記

我賤嗎？我夠賤嗎？我能比別人都賤嗎？我能賤出自己的特色嗎？

這些問題，我還真的是第一次認真地考慮。

我問綠玉：你覺得我——看起來很賤嗎？

綠玉：看起來賤並不重要，重要的是做起來賤。以我的經驗，你還是很賤的，但是——賤不上排行榜。

我問紅玉。

紅玉說：要賤出自己的品牌，談何容易——真想見見那些能進五百強的大師啊！

……

茅十八評價我：就我認識的朋友兄弟中呢，你確實夠賤的。但比起我來說，怎麼形容你呢？如果把我當成賤人，那你簡直就接近活雷鋒了。

——我要把他們比下去！哼！

誰比誰賤

到了前面一個小城，我到城裡最大的書店裡找學習書。現在的文化產業真是豐富啊，琳琅滿目的全是相關的書籍。有《誰動了我的賤貨》，有《登上發賤快車》，有《生命不能承受之賤》，有《向左賤，向右賤》，有《如何在三十歲前快速發賤》，還有《拿什麼拯救你我的賤人》，甚至有本書叫《想要發賤你就喊》……

而在旁邊的影碟櫃枱上，一樣地擺滿了相關的工具電影。有《賤客帝國》，有《魔鬼發賤者》，有《賤雄》，還有《天地賤雄》，有《王牌大賤諜》，有《我的野蠻賤人》、《無賤道》……

我連忙一口氣買下了很多資料。

花無缺雖然討厭，但人還是不錯的。

我說：要搭我的車也可以。但不能白搭——你去當我的清潔工，專門打掃游泳池，把裡面的漂浮物撈起來！

花無缺：這麼技術性的工作你都讓我做？

我對車夫道：咱們直接到華山——我倒要看看，誰比誰賤多少！

韋小寶日記

有驚無險

半夜時分，我聽見樓下有動靜，便悄悄下樓。

——什麼飛賊在我的房車裡幹活？

下到一樓的大廳裡，還是有那種聲音在響著，是在外面的行李房，還是在大門旁邊的門房？我光著腳，感覺到一點點的恐懼襲來……早知道把茅十八喊起來。萬一那賊見我發現了，心生歹意，一刀把我捅了，一槍把我斃了，一鋤頭把我挖了，一鐮刀把我割了，都是很嚇人的事啊！

——又一聲更響的動靜傳來，好像是——突然，我看見一個身影從游泳池跑到了門房。

我大叫：什麼人？抓賊啊！

車夫也從門房裡鑽出來：站住！

那人身影一晃就跳下車跑了。

茅十八光著身子，一手遮著下面，一手拿刀，衝了出來：誰誰？然後花無缺也穿著上衣跑出來道：什麼事？有賊嗎？綠玉紅玉在樓上大叫：小寶什麼人啊？

我過去，看見門房前面丟了塊粉紅色的手絹，我拾起來放進口袋裡。

——女人？

花無缺過來道：別看了，早就跑了。就是個小蟊賊而已！回去繼續睡。

茅十八：小寶，你要害怕的話——我就到你房間睡！

我：呵呵——那綠玉紅玉就便宜你啦！

茅十八：那是那是！

我：你到花無缺房間裡睡吧！要不跟車夫一起睡也可以。

天下之大，無奇不有

天下之大，無奇不有。

今天一上路，又有兩個瘦長的傢伙站在路中間，跟隔離欄杆一樣，我們的車根本繞不過去，只得停下來。兩個傢伙一下跳上車，道：搭個車！

韋小寶日記

我：哎，這麼不客氣啊，當這是自己家？

其中一個傢伙介紹道：咱們兄弟聯手闖蕩江湖多年了，這次去華山參加五百強的排位賽，借個光！這個是我們的賤客證。

說完他把證件遞給我看。

他繼續道：我是狂風賤客，他是我兄弟閃電賤客。——我們是康熙元年賤橋大學畢業的。

茅十八也出來道：還狂風閃電賤客，我還是冰雹賤客呢！

兩個賤客拱手道：失禮失禮——原來閣下是冰雹賤客，久仰久仰！

茅十八咽了一口水：——呃，這個……你們至少要經過咱們主人同意嘛！

我：哦，是執證發賤的賤客。不過既然上來了，那得依咱們的規矩——先買票，一人十兩銀子一天，包吃住。然後你們倆去負責維護發動機，不准偷懶，不准偷窺——不然踢你們下去。

中午時分，前方又有四個男子橫刀立馬地攔在路上。根本不等我們停車，就颼颼颼跳上車來。

我怒道：又是怎麼回事？

一個壯漢結結巴巴道：我們四——東贏國的武術，聽說——重國要——舉行——賤客比賽，特意來——觀摸學許的——以便發揚我鍋的賤道——精深！

想了半天，我才明白他說的什麼。

我說：好好，搭車的可以——買票的先，一人十兩銀子，包吃住。你們負責安全警戒！

——昨天夜裡有情況，我還正想去請保安呢！

四個武士鞠躬，然後認真地守護在車的四個角落。

到了午飯時間，馬夫把車停下來。我打發茅十八去前面飯館買飯菜。不一會兒，七八個小工端著大盤小盤的飯菜就上來了，擺了滿滿一桌子。眾人拿起碗筷吃了起來。

突然，幾個身影從我們上面掠過。一個蒼老的聲音道：嘿嘿，好香！老夫受不了啦！

等我看清楚時，三個老頭已經落在了我面前，一個面色蠟黃，一個面色紅潤，一個面色青紫。

面色蠟黃的老頭道：誰是這裡的主人？

我站起來：老爺子，餓了吧！——自己拿碗筷！要搭車的話，一人十兩。是去參加賤客排位賽吧？

老頭笑道：是啊！這個小子不錯，挺好客的。咱們就坐一坐現代的交通工具又有何妨呢？——咱們昆侖賤派的輕功雖好，也別一天到晚在空中飛啊，那多累人。兩位師兄說呢？

另外兩個老頭點點頭，三人便坐下來不客氣地吃起來。

吃完了飯，我的房車重新啓動——這下我的人馬一下子就多了。

多做善事才賺錢

以前有人說過：安得廣廈千萬間，大庇天下寒士俱歡顏。現在咱們有大車了，雖然不是千萬架，但也可以庇護庇護無家可歸的賤人賤客。

——多做善事，有益身心！

在游泳池裡泡澡的時候，我就一直這麼想著。但茅十八卻說：咱們的房車太亂了。

自從昨天的八、九個賤客住進來後，今天在路上又陸陸續續地接了好幾批，連後面的備

份車都擠滿了人。

我問：好幾批也不至於——

茅十八道：媽的，也不知誰走漏的消息——今天來的每一批，至少都有三五十個人。連刷皮鞋都要分四道工序了，分別由四個賤客來處理……

我笑道：你急什麼——反正每人十兩，咱們肯定有賺的！

茅十八：……

房車和警察

愈來愈臨近華山了，我們的車已經完全不堪重負。連房頂上都有人重新搭了三層。

又到了一個收費站——媽的，收費站怎麼這麼多?!

前面有警察攔路。

我站在保險桿上罵道：你也要搭車嗎?收你二十兩銀子！

警察：請出示你的駕駛執照！

……

馬夫連忙上去，警察指著車道：新車啊，不錯啊房車。你的車超寬——罰款！超長——罰款！超重——雙倍罰款！給你兩條路，一是接受處罰，二是不接受處罰。

我：還可以不接受處罰啊？

警察：不接受處罰就吊銷駕駛執照，扣車，拘留十五天。

——@#！%！@#

遇見老同學

今夜月色如水，站在落地窗前，我端著紅酒慢慢地咂著，任由銀色的月光灑落在身上。一股詩意緩緩地從小腹升起來……升起來。

明月幾時有
把酒問青天

不知天上宮闕
今昔是何年
……

下面的噴水池邊，一個女子從人群中站起來，輕聲和道：

我欲乘車歸去
唯恐天下不亂
高處不勝寒
起舞弄清影
何人在發賤
……

下面露宿的眾人看著我們一唱一和，都癡迷得沒有聲音了。那女子慢慢地轉過來，轉過來——竟然是蘋果。

蘋果輕輕地喊道：凱子！

我大叫：馬子！

身後有無數憤怒的聲音傳出來：要抒情下樓去——別礙著老子睡覺！

——嘿，我已經把床讓給你們十個人了，還要我下去，太過分了嘛！下去就下去。

但下去不能走樓梯，也不能走電梯，這些地方已經擠得連腳指頭都插不下去了。

我縱身一躍，從窗戶跳了下去，摔在一堵人牆上，一點反應都沒有。

端著酒，我走到蘋果面前：你怎麼到這裡來了？

蘋果：白天我上車的時候，你們根本就看不見我，收了我十兩銀子，還打發我去採花蜜，人家的手都被蜜蜂螫腫了——嗚嗚嗚！

我安慰道：天下沒有免費的午餐，以勞動換取報酬是應該的。難道你也要去華山論賤？

蘋果：爲什麼不去呢？我覺得自己有點賤——不然怎麼會喜歡你呢?!

我拉著蘋果的手，深情地望著她。樓上有兩個尖利的聲音傳來：

——小寶，你找死啊！這個賤貨是誰？

蘋果扭頭就走，我對綠玉紅玉喊道：這是我老同學了，今天我搞同學會晚點回來。

——小寶你個大賤人，連同學你都搞啊——什麼時候回來？

——當太陽升起的時候。

感情是沒辦法的事

天亮的時候，我把三個女子都叫到一起。

蘋果說：小寶最早是我罩的，而且又是我的同學。當然我是老大！

綠玉一把把我抱在懷裡：小寶和我是吃了羞羞草，然後把生米煮熟了，把乾柴點燃了，把火箭發射了，讓火車進山洞了，讓螺釘鑽進了螺母——我才是他的第一個老婆。

紅玉：那——不管你們怎麼排，我都當定老二了？算了，爲了家庭安寧，老二就老二吧！俗話說，槍打出頭鳥，樹大招陰風。老二也有老二的好處呢！

蘋果又把我從綠玉身邊拖過去：小寶，咱們是青梅竹馬的兩小無猜，如今果子熟了，倒被採花賊先偷了，這不符合江湖的規矩！

綠玉：哦——我想起來了。那天晚上有個賊進來，莫非就是你？

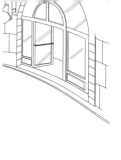

我頓時恍然大悟，連忙把手絹掏出來：這個是你的嗎？

蘋果哭了起來：人家說——想偷又沒有偷到是最高境界。我早就打聽到了小寶要去華山，便一路跟蹤著你們。那天我一進來，就看見小寶在床下躺著，和臭鞋子臭襪子睡在一起，而床上卻是兩個妖精。我可憐的小寶啊，難道你就這樣受她們的折磨嗎？看著你純潔的雙眼——皮，我的心一橫，就把你的衣服脫了——那天晚上的月光跟今天一樣好，照在你的雞胸上面，凸凹有型，非常性感。我忍不住親了你一口，卻沒想到把口紅印在了你的胸膛上面。正在這時，床上的兩個妖精說夢話了。一個說——小寶你敢亂來，我把你打成盜版。另外一個說——不要盜版，打成電影版。我當時一聽，頓時又害怕起來。於是就趕快掏出手帕，給你把口紅印擦乾淨。你就在這個時候醒了……

我抱著蘋果道：真可憐啊！爲了不讓我被打成電影版，簡直是捨身成賊！

蘋果喃喃道：小寶，我早對你一賤鍾情了——可惜那時候你還小，沒看出來。

這下，總算把位置定好了：蘋果排行老大，紅玉老二，綠玉只有當老三了。不錯吧，這就是我的三個老婆。

我知道茅十八花無缺都嫉妒我，但感情是沒辦法的事。這事我就不準備大庇天下寒士了。

華山論賤

台下，十三太保一行人依次上台。哇！──第一個就是我的媽呀韋春花，第二個是，天啦──麗春院的十三姨，第三個是那發配四川的鼇拜，第四個居然是茅十八，第五個是花花太保花無缺，第六個竟然是綠玉，第七個是紅玉，第八個是紅玫瑰，第九個是無賤鎮的鎮長，第十個是那棋牌鎮的總台服務員葡萄，剩下三個居然是在路上搭車的三個老頭。

我身邊就只剩大老婆蘋果啦。

──原來我就一直生活在騙局之中？悲慘啊！各位讀者，一定要警惕身邊的人，愈親近的愈要保持懷疑！

華山腳下無賤鎮

車很快就到了華山腳下的一個鎮子，這個鎮叫無賤鎮。鎮子東頭的牆上寫著「鎮通人和　鎮堵人死　鎮興人旺　鎮衰人慘　鎮在人在　鎮亡人跑」的宣傳標語。搭順風車的人都在謠傳：那《獨孤九賤》的祕笈就將出現在這個鎮子裡。所以，這個鎮子最近湧進了一大幫賤人。我們一到，這個只有一條街的小鎮就更加擁擠了。

無賤鎮從東頭走到西頭，七十八步。從西頭走到東頭，也是七十八步。這裡的土著居民鬼鬼祟祟，加上大量的外來人員偷偷摸摸，構成了無賤鎮裡一道亮麗的風景線。

鎮東頭有一家餐館，叫夜來香。接著是一家當鋪，叫當當當。據說老闆還開有一家同名的書店，只是不知道在什麼地方。挨著當鋪的是一家旅店，叫龍門客棧。然後就是一家兵器研究所，叫刀賤笑。他們的店鋪裡有一座常年燒的火紅的爐子，爐子前面總是擺滿了各種兵器，是殺人放火打劫的兵家必爭之地，生意非常好。過了刀賤笑兵器研究所，就是鎮西頭的國際會議中心。

蘋果綠玉紅玉早就跑出去逛街了。只要有女人和街道同時在，就會有女人逛街這種事情，也不管這裡是什麼街！

茅十八看著鎮裡的人道：所謂大隱隱於市，就是這裡了。這個地方人人發賤，像我這種清高的人太容易脫穎而出了。不行，我要裝得賤一些才行。

我觀察道：你發現沒有——這裡雖然各個人都偷偷摸摸，但還是看得出來一些門道。比如那邊兩個女子，走路輕盈，外賤內秀，一看就知道是蛾眉賤派的功夫。前面這個莽漢，鬍子拉碴的，太陽穴高高鼓出，賤得十分陽剛啊。一定是中原鐵掌幫的高層。在我們後面的那個，一雙肉掌泛著藍光，顯然是用毒的大家，賤得十分毒辣。

花無缺微笑：原來公子也不是酒色之徒，一雙賊眼還挺利索的！十年前，江湖上那場驚心動魄的十三太保結盟的傳說。不知各位知道嗎？

我：有屁就放！

花無缺：那是江湖上最傳奇的事件了——號令天下的大賤俠令狐臭退隱江湖十年。今年卻突然謠傳他要重出江湖，爲的就是那本祕笈——《獨孤九賤》。

十年前在華山絕頂，華山論賤的ＬＩＶＥ現場，天下十三名榜上有名的大賤俠混戰一場，就是爲了得到《獨孤九賤》。十三大俠各自拿出最陰毒的召式，有八卦棉花掌，

韋小寶日記

有鴛鴦蝴蝶賤，有空手套白羊……現場連裁判都要打。而那本裝著盒子的祕笈在空中飛來飛去，就一直沒有落地。

正在天地爲之動容風雲爲之變臉的時候，從華山頂的一個簡易廁所裡，突然一道墨綠色的身影飛了出來，一把奪過盒子，頓時就消失在山頂上的茫茫雲霧中了……空氣中，只剩下一絲淡淡的廁所味道在飄盪——

按照江湖老規矩，誰拿到了祕笈，誰就是天下第一大賤客。但祕笈不在了，大家又該怎麼排位呢？於是，十三大賤俠互相都不相讓，說著說著又動起手來。這時，在旁邊觀戰的一個白髮老者說話了——螳螂捕蟬，麻雀在後啊！

衆人本來打得興起，一聽到這話，頓時沒了脾氣。個個都耷拉著腦袋停下來了。老者道——人爲財死，鳥爲食亡，賤客爲祕笈大打一場，白忙！

十三個大賤俠聽了這話，頓時眼睛都要冒出火來。老者連忙道——各位大俠，其實祕笈已經消失，大家最重要的是聯合起來，找到祕笈才是真的！

十三個大賤俠於是立即成立了十三太保。準備發動天下賤客的力量找回祕笈……

我打量著花無缺：你看來就是其中的一個。

花無缺點頭：我就是排名第五，人稱花花太保的大賤客。

——迷團在一點一點地張開。

無賤鎮長莫非是十三太保之一

無賤鎮的鎮長是個乾瘦的老頭，平時就叼著根葉子煙站在鎮子西頭的國際會議中心門口，誰從那裡過，他都要打量一番。今天綠玉逛街回來，一臉不高興。問了她半天，她才說是鎮長打量了她。

——打量了就不高興?!真是少見多怪。

綠玉：你要幫我去打量打量他！

我：一個乾老頭，有什麼好看的?!人家看你是因爲你長得漂亮嘛，這是你的榮幸，也是我的驕傲。

綠玉：問題是，我走到他面前的時候，他就說——聽到你的聲音，說明你是個人。聞到你的味道，說明你是個小女人。但爲什麼我想到你的形象卻是一隻恐龍呢！

——這個鎮長莫非也是十三太保中的一個？

開放的華山歡迎你

無賤鎮的人愈來愈多。

今天，終於看到了天下賤客五百強排位賽評委會。他們坐著一串大巴來了，大巴上掛著大紅色的條幅：開放的華山歡迎你——封閉的華山鄙視你。

評委們下榻在鎮子旁邊的小芳度假村裡。一進度假村，周圍便有大量的保安封鎖起來，以免受到外界的干擾。

他們的到來，頓時在無賤鎮裡引起了強烈的震動。大家都想探聽評委會對今年賤客排位賽的評分標準，所以在度假村的外面，有無數的人想溜進去，但都徒勞無功。我們在外面看了很久，居然還真的沒找到破綻。

回來後，卻發現茅十八不見了。

等到油燈初上時，茅十八回來了。

我坐在房車裡喊：茅十八——快上來！

茅十八：你怎麼知道我回來？

我捏著鼻子道：你那一身的味道，其他人還真的模仿不來！

茅十八上來道：那些保安還真的六親不認呢！我試了幾次想溜進去，都被他們抓了出來。

我：試沒試過從下水道進去呢？

茅十八：第一次我就從下水道鑽進去——還用你說。小芳度假村的排水系統一直延伸到旁邊的小河邊。我就從那裡開始爬，一下水就抓到幾片白菜葉——爲了忍住噁心，我一邊爬啊，一邊吟詩……

——你小子什麼時候會吟詩了？

茅十八搖頭道：蒹葭蒼蒼，白露爲霜。所謂伊人，在水一方。溯洄從之，道阻且長。溯游從之，宛在水中央。——這就是我在下水道中的準確狀態。那可真是爬到深處人孤獨啊！而爬進去後，才發現裡面愈來愈窄，但我依稀已經聽到評委們說話的聲音了。我再努力往前爬了一下，就——卡在那裡了！像我國外的一個同行。

誰？

——卡夫卡。

茅十八又道：我就這樣慢慢地陷入了絕望之中，想喊，沒有力氣。想退，又不會倒車。我心中又不斷地響起了一首歌——我能想到最絕望的事，是卡在這裡慢慢變老……

——還能想到歌，夠賤！

茅十八：然後，我聽見上面有人喊道——把我憋死啦，快讓我先上！——接著，不久一股百年難遇的污水流沖了下來，把我直接沖回到了小河裡。我再也不敢去試其他辦法了。聽說有的狗仔隊想翻牆被掛在上面了，有的娛樂記者打著油紙傘想空降進去，下面的人就瞄準他們打飛機。還有個不知深淺的小賊想進去偷試題，結果被人抓住灌了三斤墨水。出來的時候，連中文都不會說了——只知道說拉丁語。你說慘不慘？

——看來進去偷題作弊的辦法是不行了！

我不想自娛自樂

情急之下，綠玉紅玉便一起來跟我說：讓我們姐妹倆一起去。

我說：你們去——能鑽過卡夫卡的下水道？

綠玉：誰說要鑽下水道了？我們是打入進去！這麼多的評委，總要吃喝拉撒，一定有工作機會的！

紅玉：吃喝拉撒之外，還要娛樂是不是，我覺得機會多得很呢。

我不高興了：工作是工作，娛樂是娛樂，不要混淆視聽。

綠玉紅玉：現在什麼地方不能娛樂——老土！你看酒吧可以娛樂，桑拿可以娛樂，夜總會更可以娛樂，飯店可以娛樂，酒店也可以娛樂，電影院可以娛樂，洗頭洗腳洗澡更可以娛樂，連理髮店都可以娛樂了……沒有我們，你就只有自娛自樂吧！

哦——賤人！

獨孤九賤是什麼

獨孤九賤啊，你到底是個什麼神奇的玩意兒？青年男子誰個不爲你鍾情，妙齡女郎誰個不願爲你懷春！整天想著那本偉大的祕笈！

韋小寶日記

花無缺一直神神祕祕地，早出晚歸，也不知在幹什麼。每次我一問他，他就說，等事情成熟了再告訴我！眼看著天下賤客五百強的排位賽就要舉行了，但這麼多事情還是一點頭緒都沒有。

晚上，我獨自下了房車，到東頭的夜來香餐館喝酒。燭影搖晃下，我就著一盤滷花生，喝著一壺二鍋頭。

外面從夜色中進來一個白衣女子，坐到角落處，叫了一大壺酒，大口大口地喝了起來。喝著喝著，她便趴在桌子上，抽搐著哭起來，愈哭愈大聲。

我端著酒杯過去：小姐——

她怒道：不要叫我小姐——哇！

我：那叫你什麼？

她嗚咽道：叫我怎能不想他。

我：——我怎能不想他——你的名字這麼長啊，有個性！

她狠了我一眼：我叫白玫瑰。有點智商好不好，我被人欺騙了，還要被這傻瓜亂叫一氣，我的命苦啊！

我：那咱們都是苦命的人——你得不到男人，我拿不到獨孤九賤祕笈！同病相憐，我敬你一杯！

白玫瑰呆呆地看著酒杯：只恨那紅玫瑰搶走了我的男人！

我：你還好點——至少知道是誰搶走你的男人。我連祕笈在誰手上都不知道！我應該哭得比你厲害才行。

白玫瑰看著我：看來你是要比我可憐，咱們乾了這杯酒吧！

……

喝到半夜，我們都醉醺醺地趴在桌子上。恍惚中，外面一個黑影走了進來，看著白玫瑰歎道：酒入愁腸愁更愁——我若不是爲了那東西，怎會拋棄你呢？眼看就要進入最要緊的關頭了，一定要挺住啊！

說完，飄然而去。

我陡然醒來，四處張望，哪裡還有其他人的影子。

老闆在櫃枱上道：客官如要住宿，我有標準間。客官如要喝酒，我有陳年老窖。客官若什麼都不幹，我就要關門了！

——這不是要我變壞嗎？大家都說男人一有錢就變壞，女人一變壞就有錢。其實是男人女人碰到一起就想變壞。

我背著白玫瑰回了房車……

天下賤人五百強排位賽開始

天下賤人五百強排位賽如期舉行。

今天，天氣異常晴朗。比賽在無賤鎮的國際會議中心開始，各路人馬紛紛進入了比賽現場。我的參賽證是二〇四六號，上面有我自己的老照片，聽說是用黑鏡頭拍的。參賽證背面印著比賽規則：

A、參賽選手一律憑證親自比賽。

B、此證既可以參賽，也可以證明選手的賤人身份，還可以駕駛所有雞動車、馬動車、牛動車。更可以作為婚姻證明、離婚證明以及未婚證明。也可以憑本證出入任何級別的會所、俱樂部、酒店和公共廁所。

C、比賽一律不許作弊。一經查出，嚴加懲處。無法查處，則從寬處理。

D、本證件塗改無效，換頭無效。

拿著參賽證，我通過了四重關卡。第一道是金屬探測器，第二道是獵犬，第三道是警衛搜身，第四道是黑查。好不容易找到自己的位置坐下來，就聽得噹噹噹三聲鑼響，比賽監考人走進了會議中心。

監考人用眼光巡視了一周，道：今天，歡迎大家到這裡參加一年一度的天下賤客五百強排位賽，本人有幸當這裡的監考人，一定會秉公執法。考上了五百強的紅榜，我會祝你平安。考不上還想作弊的，我會大刑伺候！

眾人心裡一寒。

監考人道：發考卷！等我示意的時候才能打開。

左右的工作人員便開始把考卷發下來。

監考人：現在開始倒計時——十、九、八……三、二、一——點火！不，開始！

眾人刷刷地翻開了考卷。我看見考卷上印著粗大的黑體字：

天下賤客五百強排位賽專用試卷

（版權所有　複印必究）

我——嗚嗚嗚！第一大題是單項選擇。

1、「賤」字說明了人性中的什麼問題：A，本質。B，表像。

——我覺得是本質吧，至少我覺得自己本質中就有賤的因數，也不知道是不是老媽的遺傳？

2、面對賤人，你最好保持什麼態度：A，迴避。B，比他更賤。

——誰他媽出的題啊，這不是明擺著把我送進深淵嗎？選B。看看誰賤！

3、根據發賤考古學的研究，地球上在遠古的什麼時期就有了賤人的活動跡象：A，豬玀紀。B，泥盆紀。

——最近關於豬玀紀裡恐龍的事情鬧騰得比較多，就選A吧。

4、我國歷史上有許多關於賤人的美麗傳說，其中比較因為發賤而亡國的有：A，西施。B，潘金蓮。

——西施是混哪個道上的，我怎麼不知道？潘金蓮的傳說我倒是聽過一些，但要說她亡國，恐怕是她自不量力。隨便選A吧。

5、太監作為一種危險職業，沿襲了許多的朝代。請問，「太監」一詞的來源是因為：A，太賤。B，太狡猾。

——這麼有難度啊！據我所知，朝廷裡的太監都木呆呆的，和狡猾的距離差得比較遠。選A。

6、在沒有外人的情況下，賤人會一直保持發呆或者發賤狀態。這是馬頓的第幾定律：A，第一。B，第二。

——以前沒有學過無厘學，但憑自覺是第一定律。馬馬虎虎選A啦！

7、在一個平面中，兩個賤人的關係永遠都只有兩種，平行或相交。這個描述正確與否：A，正確。B，錯誤。

——我在答卷的空白處開始畫小人，畫了一個又一個，畫到已經沒有空白的時候，我突然想到，除了平行和相交，兩個賤人就不能相愛麼？答案是什麼呢——我只有選B。

8、如果人類失去賤人，世界將會怎樣：A，高貴。B，更賤。

——我無法想像一個沒有賤人的世界，一個純潔的不再有差別的世界，一個只有貴族的世界。大家都是貴族後，誰又比誰高貴多少呢？更何況我這麼優秀的賤人怎麼能離開這個世界。即使爲了詛咒，我也希望是B。

下面是第二大題，證明題。

已知一個不明屬性不知貴賤的男人：明代大將山海關總兵吳三桂。他曾經為歡場

韋小寶日記

女子陳圓圓引清兵入關，直接導致了改朝換代，但在後來卻不服從大清皇帝的指揮，自己偕同賤女人陳圓圓私奔至雲南，後在雲南舉兵再次叛亂稱王。爾後被清兵所滅。請證明，吳三桂是個不折不扣的賤人。

——哇靠，用這麼有內涵的證明題來考人，明擺著想玩死我嘛！我才不會上他們的當呢。我慢慢地寫道：

——吳三桂其人是個賤人，首先要從他的家族來說明其根源。吳三桂，是來自其家人卑躬屈膝的遺傳。為什麼叫三桂，是因為其家族有動不動就下跪的傳統，而且還希望自己的子孫一直跪下去，跪了一次還嫌不夠，要跪三次，所以取其諧音叫吳三桂。其次吳三桂這個人沈迷於女色也足以證明其賤人本色。本人出身貧寒，但雖然身在麗春院心卻嚮往美好生活，一直就沒有對麗春院裡的女子打上眼，可謂出污泥而不賤。但吳三桂作為山海關總兵，卻與一歡場女子私奔，賤行賤遠。這也是其賤相的本質。最後，吳三桂先判變明朝，爾後又叛變大清，顯然是一個雙重間諜，逮誰叛誰。對這種有奶便發賤的男人來說，一個賤字都不足以說明問題。他完全是賤人的楷模。

所以，吳三桂的賤人本色根本無須證明。這是一條不證自明的公理。

——一口氣寫了這麼多，我的內心澎湃不已，看著周圍的賤人還在埋頭努力答題，

華山論賤

繼續吧！

下面一題是造句。

請用「賤」字造十個貼近生活通俗易懂的句子。

——這個題好辦，我最拿手的就是這個了！

1、愛一個男人不如愛一個賤人。

2、吃了滙仁剩寶，他賤我也賤。

3、大包啊，天天賤。

4、想賤不如懷念。

5、過節了也不用拿這麼多禮物來嘛，賤外了！

6、網友相約，往往是賤光死。

7、仇人相賤，分外臉紅。

8、不賤不散。

9、我賤賤愛上了她。

10、我一賤你就笑。

韋小寶日記

最後是一道綜合應用題：

在人類歷史的發展長河中，無數次的經驗和教訓都反映了這個現象——往往是貴人多忘事，小人多猖狂，醜人多作怪，賤人多得志。說明賤人往往得志。請綜合應用各種學科來解釋這個現象，並提出自己的觀點。

（時間一個時辰，體裁不限，字數不限，語言不限，觀點不限。）

——還要綜合應用啊，我要缺氧了！但爲了進入到天下五百強的賤人堆裡，爲了那珍貴的獨孤九賤祕笈，我咬著舌頭也要答下去。周圍的賤人一點聲音都沒有了，顯然和我一樣，也陷入了沈重的思考中……

解答（1）：

如果用數學來表示這個論點，則我們可以假設貴人是a，小人是b，醜人是c，賤人是x。那麼根據目前一般社會的價值論點，則已知a大於x（貴人比賤人好），b等於x（小人等於是賤人），c小於x（醜人比賤人挫）。那麼轉化為不等式則要求：

$x>a+b+c$。

已知$b=x$，則此不等式可以寫為：$x>a+x+c$。

不等式兩邊同時去掉賤人（即假設未來這個社會消滅了賤人），那麼新的不等式為：$0 > a + c$。

至此，我們是否可以得出初步的結論：貴人與醜人相結合（或者稱其為醜貴人）後，其社會價值是負數（小於零）。其造成的社會影響是負面的，其帶來的災難也是嚴重的。

換句話說，假設未來社會用初等數學方法消滅了賤人，那麼一個完整豐富的社會將會發展成為畸形單一的社會：即，醜貴人一統江湖。

這樣就充分反證了公式 $x > a + b + c$ 的正確性。

結論：我們絕對不能輕易消滅一個賤人，因為賤人的能量是大於其他三種人之和的。所以賤人往往得志。

解答（2）：

如果用物理方法來表達這個觀點，則我們可以假設四種人為四種力的向量。貴人為社會進步的方向，即向前的向量 a，小人為社會倒退的方向，即向後的向量 b，而醜人的向量方向是向左 c，那麼賤人的向量方向大家都知道，是向下的 x。

（此處刪去受力分析圖兩幅）

綜合四種力量後，社會向前（a）和向後的向量（b）相抵，剩下就是向左（c）與向下（x）方向的向量：即，社會將向左下方發展。或者說社會的發展會左傾而且下流，這是誰也不願意看到的。

為了能讓社會平衡地向前發展，那麼要求賤人具備三個方向的力量：一是向前的向量，以抵消來自小人向後的向量（b），二是要有向右的向量，以抵消向左的向量（c），三是還要有向上的向量，以便和自己向下的向量（x）鬥爭。

（此處刪去受力分析圖一幅）

綜合以上的各種力量，要使社會進步而不倒退，要讓社會高貴而不下流，必須要讓賤人有較高的綜合素質，能上能下能左能右，可謂左右逢源上下兼通，那麼賤人如不得志，簡直就沒有道理了！

結論：賤人其實是社會發展的中堅力量，沒有賤人，社會就不能進步。沒有賤人，歷史的車輪將倒轉。所以，賤人是應該得志的，也必須得志。

——我就小小地得了志，算不算一個成功案例呢？能不能寫進賤客的ＭＢＡ教材中呢？如果進了教材，我一定要狠狠敲他們一筆版權費！

老婆的隱私

等待發榜的日子是最難熬的。考下來的時候，眾多賤人聚集在一起，商量答案。我的答案和他們都不一樣，真掃興，搞得他們像看異形一樣看我。

不過正好利用今天來處理白玫瑰的事——其實不是我來處理白玫瑰的事，而是我的三個老婆處理我。衰啊！

白玫瑰訴說道：我已經是一個身心倍受摧殘的女子了，你們還要再次折磨我？

蘋果紅玉綠玉一起道：因爲你闖進了我們的生活。不，是夜生活！

我：人家有不幸戀愛史，已經是殘花敗柳了——你們手下要留人。

白玫瑰感激地望了我一眼。

那三個女子道：那就講講你的不幸，講出來了——也許才是不幸中的萬幸。

白玫瑰：這一切都是因爲那個臭人——令狐臭。在三年前的一個晚會上，我和姐姐

韋小寶日記

紅玫瑰第一次見到了他。他就坐在嘉賓的位置上，那麼英俊，那麼高傲。無論主持人問什麼問題，他都能對答如流。因爲他就是天下第一賤客。俗話說：寶劍贈英雄，鮮花配美人。我和姐姐一商量，便決定送他一把劍。那可是咱們家裡祖傳的寶貝。我奶奶拿它殺過雞，我爸爸用他砍過樹，那把劍的名字叫「鵝腸」，比傳說中的「魚腸」劍還要鋒利。晚會結束的時候，他拿著我們送的鵝腸，邀請我們一起去舞會。

我們姐妹可是從來沒有參加過什麼舞會啊！令狐臭公子說沒關係，他可以教我們。於是在那個燈紅酒綠的地方，他和我們跳了一晚上的舞。跳得我腳都腫了——其實都是被他踩腫的。

後來，我們得知他們家是賤客世家，家學淵源，便更加傾慕於他了。可惜，他們家有個規矩——必須等他拿到《獨孤九賤》祕笈才能結婚。因爲他是上屆的江湖至尊賤客，而就在十年前的華山論賤現場，那《獨孤九賤》祕笈卻被一個神祕的影子奪走了。

我們姐妹倆便一直伴隨在他身邊，發誓要找到那祕笈。

就在一年前，我們經過明察暗訪，採用許多偷拍偷聽手段，終於從線人嘴裡打聽到了一點線索，便跟蹤著線人。那線人開始在京城轉了一大圈，然後進了一家賭場。等我們跟進去才發現，那賭場原來是僞裝的特種部隊的基地。

只可惜一進去，那些人一下子就把我們三個抓了起來。情急之下，令狐臭說——我就是至尊賤客令狐臭。周圍的人嘿嘿笑道——就是要抓你！我們姐妹一想，完了，這下掉進了人家的陷阱裡。

我們被帶進一個幽暗的地下室裡關了起來。這一關起來，不准通信，不准打電話，更不准上網。每天固定的一個時候，就有個蒙面人隔著防盜門問令狐臭公子：願意說了嗎？只要你說，我們就把你放出去！但令狐公子就是不說。也不知道他們要令狐臭說什麼！

我們姐妹關的房間和令狐公子的房間是隔壁，每天聽到那蒙面人問他。後來我們問他，他也不回答，只是嘿嘿地笑。這樣關了我們兩個月，那幫人看我們姐妹並不知道什麼情況，便把我們放了。而繼續把令狐公子關著。

我們被放出來的地方，是京城外一個農貿市場上的鮮貨攤前。我和姐姐立刻找到官府的衙役，一起到我們曾經被抓的那個賭場，結果那個地方已經變成了一個娛樂場。

我們就這樣和心愛的令狐公子失去了聯繫……

講到這裡，蘋果綠玉紅玉就不停地抹起眼淚來。

——當事人已經如此，難道還要追問下去嗎？殘忍啊。

韋小寶日記

白玫瑰繼續講道：我們姐妹找遍了京城所有的娛樂場所，依然沒有他的消息。慢慢地，我們死心了，決定重新開始生活。後來我們知道華山將要舉行新一輪的華山論賤，便又抱著一線希望趕來了——畢竟令狐公子也是因爲找《獨孤九賤》而被抓的！

到了無賤鎭的第一天晚上，我和姐姐很早就睡了。半夜時分，我發現她坐在窗台上，一副失魂落魄的賤相。我心知她一定有什麼事沒告訴我，於是起來追問她。她雙眼放光地說——我又見到令狐公子了！

——到底是千里有緣，還是陰魂不散？

我當時又是高興，又是著急。高興的是令狐公子還沒有死，著急的事他爲什麼不找我，卻去找我姐姐紅玫瑰呢？難道我的魅力就比她少嗎？從小她就一直壓在我上面，吃蘋果的時候她先咬，換新衣服的時候她先試，現在連男人都要她先上——我的命怎麼那麼苦呢！

但我當時還是把悲痛按捺住了，只剩下高興。姐姐說晚上睡覺的時候，覺得有雙黑手蒙住了她的嘴巴，睜開眼一看，正是令狐公子。他叫姐姐別發出聲音，拉著她便一起出去。到了野外，令狐公子一把把姐姐按在了地上，便想要霸王硬上弓……

我說：等等，我去端杯酒來聽。精彩啊——簡直是王三日的風格。

綠玉紅玉不解：王三日？

我說：這個都不了——王晶。

白玫瑰白了我一眼：我姐姐又羞又急，但暗暗也有幾分得意——畢竟人家令狐公子是看上她了——此處刪去不良鏡頭一千二百個。終於在一切好事做完後，令狐公子大喘粗氣說，謝謝你救了我一命，除了和我結婚，你有什麼其他要求就說吧！我姐姐就問他，爲什麼說救了你的命呢？好奇怪！令狐公子只是搖頭歎氣，低聲告訴我姐姐，他終於還是練了《獨孤九賤》上面的功夫，而且已經練到了最高的九成。但是體內的賤氣卻無處釋放，已經快要憋得爆炸了。正好在這裡發現了我們姐妹的行蹤，於是便拿我姐姐來泄氣來了。

我說：等等，我去拿冰塊——一股真氣在往上竄啊！

……

白玫瑰繼續道：姐姐本來對他就有意，所以就是黃蓋打黃蓋——願意挨了又挨！雖然不能與他共結連理，但能當他的出氣筒也心滿意足了。不過奇怪的是，令狐公子怎麼突然就練了《獨孤九賤》上的功夫了呢？而且他們已經做了那個事，怎麼令狐公子不願意娶她當老婆呢？

我笑道：這個還不簡單——那《獨孤九賤》祕笈一直在他手上，不然人家綁架你們幹什麼！而且啊，他如果暴露自己有祕笈，就得和你姐姐結婚。可見他是一個不想回家的人，但你姐姐卻愛上他了。

白玫瑰恍然大悟：是了——他原來一直欺騙我們。而我卻從此孑然一身，飄落江湖，無人喝彩啊！

我站起來拍手道：別忘了——至少還有我！

眾老婆聽得淚水漣漣，早已忘了懲罰我了。

——這白玫瑰真不錯啊！留下她還是很明智的。

天下賤人五百強的紅榜

天下賤人五百強的紅榜公佈出來了。

今天，我帶著眾女子一起去看榜，茅十八也提著兩大掛鞭炮一起去。談笑風生間，我便迅速瀏覽了一遍——沒有！

再次瀏覽一遍——還是沒有！靠。

我對茅十八道：你幫兄弟看看！兄弟這兩天體力消耗太多，有點頭昏眼花的，看不清楚。

茅十八也仔仔細細地看了一遍，過來道：小寶啊，不要怪兄弟我說實話——確實沒有你，你落榜了！

老婆們勃然大怒：媽的，我們都夠賤了，我們的老公當然更賤，這麼賤的人居然沒有進入天下賤人五百強，這是什麼世道？

茅十八一怒之下，便把鞭炮點了，在密集的鞭炮聲中，上了榜的那五百個賤人頓時高興起來，手舞足蹈的。

許多人跑過來跟我說：兄弟，你的鞭炮來得正是時候。無法用語言來表達喜悅之情的時候，只有靠鞭炮了！

還有人過來道：小兄弟，接著放啊！

最後一個人遞過來二兩銀子，道：幫個忙，再去買兩掛來！咱們慶祝慶祝。

……我點頭，拿了銀子，跟眾人一起回房車睡覺去了。白揀二兩銀子，也算我的精神補償吧！

生活中總是充滿意外

生活中總是充滿了意外。比如花無缺這個傢伙，居然就不露面了，好像有什麼事在背著我發生。

這個無賤鎮裡又來了許多神祕的人，一些看起來不像商人的商人，看起來不像學生的學生，看起來不像官員的官員。更多的人看起來根本就不像人——他們像機器。

——不會是未來戰士吧！

天下五百強的紅榜公佈後，我已經心灰意冷，已經萌生了退意。

——傳說中的大哥就是這麼急流勇退的。

思想者的姿態

大戰之前還有什麼沒記錄下來的嗎？好像沒有了。

哦，只是茅十八最近言語少得可憐，整天做思想者狀。不過他不知道國外的思想者是用手撐住腦袋的，他用手撐住的是屁股……

華山論賤的大結局

今年是丁丑年。

今天是丁丑日。算命的說今天下午酉時時，太白犯金星，大沖。

天氣預報說，今天我們將迎來歷史上最強的一次太陽黑子耀斑，預計今天下午到明天白天，各種通訊工具將受到嚴重干擾，請大家做好備用通訊工具的準備。比如烽火台啊，鴿子啊，摩斯電碼啊。

今天下午，天下賤人五百強齊齊聚集於華山絕頂蓮花峰，準備開始盛大的華山論賤。

早晨起來，三個老婆加上白玫瑰就開始了盛裝打扮。僅僅是洗頭去頭皮屑就花了整

韋小寶日記

整一個時辰。當然我也知道她們去頭皮屑的方法十分繁瑣：先用肥皂洗頭兩次，清水再洗一次，然後跑到半山腰的兩峰之間去吹乾——因爲那裡風最大。

吹了後再洗，洗了再吹，最後一次吹乾並且定型——四個漂亮女人站在山坳處的造型真的很優雅，像四隻沒有翅膀的麻雀。

花無缺今天出現了，穿著一襲白色的長袍，感覺十分同志……

通向蓮花峰的大門口排起了長隊，今天華山管理處借機漲價，門票賣到了五十兩銀子一張。管理處說，我們蓮花峰的接待能力有限，所以用經濟桿杆來調節客流量——有這樣調節的嗎?!下次等我把所有的廁所都買下來，我也見屎漲價，看見捂肚子的，一百兩銀子一次，還不打折，還要限制流量，超時超量的都要給我付雙份！

還好我有ＣＡＳＨ，所以順利過關。那些沒有錢的賤人們只好繞過兩匹山峰才能進來……

蓮花峰上正好是個巨大的平台，周圍張燈結綵的，一派節日盛況。各大新聞媒體都到了現場。華山論賤的主持人是一向以機智取勝的永哥。

永哥站在高高的講台上，台下黑壓壓的一片是眾多的賤人賤客賤貨們。找到個靠邊的位置，我們幾人坐下了。

酉時一刻，永哥一臉嚴肅地走到中間，突然舉起雙手：開賣啦！

頓時音樂四起，是一首極其熟悉的曲子……我一定聽過，一定，啊，「三面埋伏」！多麼熟悉的場景：劉邦、項羽、麵包車。永哥一指幕後，一個披頭散髮的熟人出現了——琵琶琴魔正在瘋狂地彈奏著。

永哥再一揮手，琴聲嘎然而止——琵琶琴魔啊，你也混到了當伴奏的今天。

永哥：今天，歡迎大家來到我們的幸運五百強現場，我們有請這五百個嘉賓上台。

——有沒有搞錯，五百個全部請上來？

五百強上台就走了一個時辰，等到大家都坐定後，永哥道：咱們以熱烈的掌聲歡迎五百位天下賤人。下面，請他們每人用一句話來概括自己成功後的心情！

——

永哥：玩笑玩笑，如果這樣，那咱們這個華山論賤要延長到後天了！下面，讓咱們再歡迎最最神祕的，最最下賤的，也是最最瀟灑的至尊賤客——令狐臭公子！

令狐臭邁著八字步上台了，他用冷峻的眼光掃視著下面五百個賤人，然後展開了真誠的笑臉：歡迎你們進入到賤客的隊伍中來！

永哥在一旁問：令狐公子，今天又一次來到這裡，你的心情如何？

韋小寶日記

令狐臭：高興、失望、期待！

永哥：你能解釋一下嗎？

令狐臭：高興，是有這麼多新的賤人。失望，是獨孤九賤還沒有下落。期待，是不知道今天會發生什麼事情！

——白玫瑰的眼神又開始飄逸了……這麼容易暴露隱私啊！

我站起來大聲道：令狐公子，據我所知那祕笈是在你的手上哦！

令狐臭：不錯，十年前曾經在我手裡，就是前幾天也在我手裡，但現在——已經被他人佔有了！

台上台下一陣騷動。

令狐臭：被一個最親密的人佔有了！

——紅玫瑰？

永哥笑道：先坐下。下面我們再有請十三太保集團公司的十三位總裁。

——靠，集團公司。

永哥快速道：我們本次的華山論賤活動，得到了各方熱心人士和熱心公司的大力支持，沒有你們的協助，我們恐怕還在喝稀飯。但，有了你們的贊助，我們就能吃海鮮

了！十三太保集團業務遍及全國，主要以全國連鎖的娛樂業、博彩業、餐飲業爲龍頭，帶動其他相關產業的發展，現在又新開拓了馬車工業、高科技、網路業等新領域。在短短十年時間內，發展成了集技、工、貿爲一體的大型集團企業。下面我們有請十三太保！

台下，十三太保一行人依次上台。

哇！——第一個就是我的媽呀韋春花，第二個是，天啦——麗春院的十三姨，第三個是那發配四川的鼇拜，第四個居然是茅十八，第五個是花花太保花無缺，第六個竟然是綠玉，第七個是紅玉，第八個是紅玫瑰，第九個是無賤鎮的鎮長，第十個是那棋牌鎮的總台服務員葡萄，剩下三個居然是在路上搭車的三個老頭。

——我身邊就只剩大老婆蘋果啦。

我趕緊借了旁邊一個老賤客的葉子煙抽了兩口，拚命抓住發抖的雙手，才稍稍壓制住了心裡面的慌張。要是這樣就心臟病發作，豈不是天妒英才?!

——原來我就一直生活在騙局之中?悲慘啊!各位讀者，一定要警惕身邊的人，愈親近的愈要保持懷疑!

十三太保上台後，齊齊地望著我。周圍的觀眾們也全部把視線集中到了我身上，我

韋小寶日記

慢慢地埋下了腦袋！

永哥幾個大步走過來，直接把我拖上了台。我一邊掙扎一邊叫喊：拉我幹什麼，我又不參加你們的活動，不要扯嘛！

永哥把我按在了椅子上，對觀眾道：今天，我們的重量級人物是——韋小寶！

我暈啊！這麼多事情發生得太突然了，簡直讓我接受不了！

永哥：爲什麼呢？因爲他才是今年天下賤客五百強中的狀元！所以我們在前幾天，就把他排除在了紅榜之外，小小的紅榜怎麼能容納這麼有內涵這麼偉大的一個賤客呢！

……小寶，小寶，快醒醒，給我使勁地掐——不，那不是人中，那是喉結……

我終於悠悠醒來。

令狐臭過來道：你這個不爭氣的賤客狀元，說暈就暈啊！沒有一點風度。想當年我當狀元的時候，也是回了家才暈的。

我：我有四個老婆嘛！而且她們全是十三太保中的……

——受不了啊！

永哥道：其實今天的主題呢，就是獨孤九賤。是要上屆的賤客至尊親自傳給新一屆的賤客至尊。今天雖然還沒有拿到獨孤九賤的祕笈，但我們有幸請到了一個尊貴的嘉

賓——有請咱們的皇帝，康熙！

康熙從幕後鑽出來，一身名牌長袍。

康熙：小寶，你捲了我的投資基金就想跑啊？你跑到哪裡都是在我手心，有什麼用呢？當了天下第一賤客，有什麼想法，說給朕聽聽！

我：我，想參加完了賤客大會，就去找個好的專案，到馬路上開個收費站什麼的，然後投資，然後產生效益，然後不就慢慢地還給你了嘛！

康熙大笑：雖然你幫我解決了鼇拜的問題，但也不要跑嘛，你跑了，我一個人找誰玩去……

我：原來你還是想玩我啊！

康熙：話不能這麼說……其實多年以前，我就給你安排好了成爲偉大賤客的金光大道，只是你自己沒察覺而已。在你身邊人的潛移默化之下，你既不會成爲貴客，也不會成爲黑客，你只會成爲偉大的賤客。好多事我還是不要講明了，講出來，又是一連串的往事啊！

……

永哥道：皇上，咱們的主題還是獨孤九賤，你就重點講講這本祕笈吧！

韋小寶日記

康熙坐下來，慢慢說道：那還是很多年前的事。那時候，我雖然已經身爲皇帝，但卻一點實權都沒有，朝廷裡都由鼇拜一夥人說了算。所以我也懶得待在京城裡，只喜歡到處遊山玩水。而且我一個隨從都不要，就自己一個人當背包族，住青年旅館，非常逍遙自在。

一天，我就逛到了江南水鄉的揚州，那裡的風光迷人，美眉迷男人，帥哥迷女人，看罷了揚州瘦西湖的風景，我便在岸邊坐了下來，這時，一個俏佳人悄悄坐在了我的身邊……

回去很久後，我都一直忘不了那個令人銷魂的晚上。過了一年，我派了最心腹的一個人去揚州找她，才發現那晚的邂逅已經有了結果，這個結果就是你啊，小寶。

康熙接著道：身爲一個皇帝有了這種事，可以說是名譽掃地。所以我既不敢見到她，更不願意見到你。我只想徹底地把你們從記憶裡抹掉。

但又過了兩年，我卻更多地感到了內疚。作爲一個男人，應該爲他的所作所爲負責，這才會是一個頂天立地的男人。我於是開始暗暗地幫助你們。那幾年，我心裡一直認爲自己是最賤的男人，做了最賤的事卻還不敢承認，那不是最賤是什麼——其實比最賤更賤。

於是，一個計畫漸漸地在我心中成型了——我要把你培養成特別特別賤的人，才符合咱們王朝的特點。

後來我找到了她，給她講了這個龐大的計畫。於是那所謂的《獨孤九賤》祕笈的傳說便開始在江湖上流傳起來。而你身邊所接觸到的人，我全部一個不漏地發展成了頂級賤客，他們構成了十三太保集團。

我說：夠了！那令狐臭又是怎麼回事？

康熙：他不過是一個外人，湊巧拿到了至尊賤客的稱號。其實那《獨孤九賤》祕笈不過是空白一張。他利用紅玫瑰的感情把他佔有了，卻又不願意負責，還謊稱家裡要用祕笈才能結婚，簡直跟我當年有一拚！說實話，他真的很賤啊！

紅玫瑰跳起來大叫：啊，我虧本了！

康熙從懷裡摸出一本書來遞給我，上面寫著《獨孤九賤》四個大字。康熙：從現在開始，你就是永遠的至尊賤客。這是一本空白的祕笈，你要好好地把你發賤的事情寫進去……

康熙然後威嚴地看著下面，道：今天所有的事情大家都聽到了吧！一個字都不准傳出去——否則，我讓你人間蒸發！

眾人齊聲道：是！

康熙笑到：今天這個華山論賤大會圓滿結束，這是個成功的大會！

眾人長時間鼓掌。

永哥又問：說到底今天是華山論賤的大會——論來論去，你們誰最賤啊？

我和老爸也就是康熙同時舉起手來指著對方：你！你！你！

爆笑版韋小寶──韋小寶日記

作　　者　牛黃丸

出 版 者　風雲時代出版股份有限公司
出 版 所　風雲時代出版股份有限公司
地　　址　105 台北市民生東路五段 178 號 7 樓之 3
網　　址　http://www.books.com.tw
電子信箱　h7560949@ms15.hinet.net
服務專線　(02) 2756-0949
郵撥帳號　12043291

執行主編　劉宇青
封面設計　蕭麗恩

法律顧問　永然法律事務所　李永然律師
　　　　　北辰著作權事務所　蕭雄淋律師
版權授權　北京共和聯動圖書有限公司

出版日期　2006 年 07 月初版

定　　價　220 元

總 經 銷　富育國際股份有限公司
地　　址　台北縣中和市中山路二段366巷10號2樓
電　　話　(02) 8245-7398

I S B N　986-146-277-5

行政院新聞局局版台業字第3595號
營利事業統一編號22759935

國家圖書館出版品預行編目資料

爆笑版韋小寶／牛黃丸著. -- 初版.-- 臺北市：風雲時代, 2006〔民95〕
　面；　公分.

　ISBN 986-146-277-5（平裝）

855　　95005461

瀚瀚珍本・盡現風華

風華【文化】